BRÛLANTE
EST MA TERRE

ISBN 2-7384-0881-8

BACO Abdou S.

BRÛLANTE EST MA TERRE

Éditions L'Harmattan
5-7, rue de l'École-Polytechnique
75005 Paris

A H. P.
et à toute ma famille

« Quand nombreux sont les hommes sans honneur, il y en a toujours quelques-uns pour avoir autant de dignité que beaucoup. Ce sont eux qui se révoltent avec une force redoutable contre ceux qui dérobent la liberté au peuple, c'est-à-dire l'honneur aux hommes ».

José MARTI

A MON PERE

Toi qui, beaucoup trop tôt, m'as quitté
Tu demeures et tu demeureras toujours au plus profond de moi.
Sans avertir personne, tu es parti
Ton départ, promptement survenu, m'avait follement affecté
Tu nous as précédés au chemin qui ne mène qu'à un seul endroit
Comme j'ai voulu faire ce voyage à tes côtés !
J'aimerais être toujours ce petit garçon en casquette, reposant sur tes épaules
Comme ce jour où tu m'amenas à BANDRELE
M'inscrire sur le registre public d'Etat-civil.
Toi qui, inlassablement, dialoguais avec les esprits
Toi qui, dans l'intimité des nuits, contemplais les étoiles
Toi qui, pour un prix dérisoire, écartais des maléfices
Toi qui, par ton irrésistible charme, faillis perdre un œil
Tu demeures et tu demeureras toujours au plus profond de moi.
Les mille mauvaises langues de M'Zoisia ont essayé de nous séparer
Mais nous avons été les plus forts
Ensemble, nous avons lutté durement
Ensemble, nous avons résisté aux propos calomnieux
Et belle était notre laborieuse victoire.
Quand je pense à toi aujourd'hui, je me dis :
tu es et resteras mon unique père.

Quand je pense encore à ce jour, le jour de ton prompt
départ,
Je verse des pleurs cuisants
J'honore le nom du Tout-Puissant afin que Sa paix soit sur toi.
O toi mon père ! homme de la magie,
Comme j'aimerais encore savourer tes délicieux gâteaux,
salaire parmi tant d'autres de tes pouvoirs ésotériques.
J'aimerais, aux rythmes des tambours, t'écouter chanter
J'aimerais, au milieu de la foule, te voir danser
J'aimerais, sous des regards enthousiasmés, te voir déployer
fièrement tes talents de scientifique occulte
Mais hélas ! tout cela est bien fini
Tu es mort de ta belle mort, enseveli sous ta propre terre
Mais... Tu demeures encore et tu demeureras pour toujours
au plus profond de moi !

PROLOGUE

Tout au bout du wharf crasseux se dresse un poteau en béton au bout duquel luit jusqu'au petit matin un fanal rouge. Tous les soirs, un vieux, gauchement et paresseusement assis sur son vélo, parcourait quelques kilomètres pour aller allumer ce qui, depuis des années, guide les navires dans cette île perdue au milieu de l'immense océan indien.

Sur la porte de ce coin lointain devrait se trouver aujourd'hui une épitaphe dont les termes seraient les suivants : « Ici habitait paisiblement un peuple dont les seules richesses étaient la générosité de la nature et l'amour pour autrui ; mais ce peuple dont l'esprit, le cœur se sont étiolés parce que sevrés de la profonde paix, ne se reconnaît plus car il a été opprimé, humilié, méprisé et réduit en silence dans son fief. Et cela montre combien il est dangereux d'être bon dans un monde fourmillant de gens de sac et de corde ».

Car un beau jour, effectivement, un géant passait par là ; enchanté par les merveilles de ce paradis terrestre, mais aussi hanté par l'envie de compenser une perte qu'il venait d'essuyer dans sa lutte pour bâtir un empire, il décida de s'y installer. Depuis, ce paradis est devenu son royaume, écartant de son chemin, d'une façon machiavélique, tous ceux qui ont essayé de mettre fin à son règne : c'est l'étranger au paradis. Rares sont les anges qui ont résisté à ses assauts et nombreux sont ceux qui, en désespoir de cause, ont sombré dans la résignation.

Pourtant, sous le poids des âges, notre étranger commence à accepter la dure réalité : même les bonnes choses ont une fin. Alors, pour se retirer dans la dignité, il consent avec sagesse et espièglerie à laisser la voix des anges se faire entendre. De toute façon que pouvait-il espérer d'autre, le passé étant révolu ? De plus, là-bas, dans les entrailles de la brousse, dans la profondeur des ténèbres a vu le jour un ingénu à l'amour duquel tous les anges peuvent désormais prétendre ; sa seule mission est de précipiter la mort de ce règne machiavélique, et faire disparaître à jamais du paradis toutes les reliques sacrées de ce passé malheureux. O Dieu ! toi qui as tout créé et qui n'as pas été procréé, toi qui sais maîtriser les forces du mal, guide ce bienfaiteur dans son rêve et aide-le à le réaliser ; accorde ta miséricorde à ceux qui, depuis la nuit des temps, ont toujours vécu dans la perfidie, la spoliation, l'injustice !

CHAPITRE I

En cette période de l'année les paysans, comme il se doit, consultent les marabouts, pour la rituelle javelle : avant la moisson, tout cultivateur doit choisir un jour saint pour aller couper une brassée de paddy et venir la suspendre à l'entrée de sa case. Dès l'aube, en ce matin de mois de juin, ma mère, indécise, nous quitta pour se rendre au champ.

« Prions Allah pour que ce jour soit réellement un jour béni », dit-elle doucement comme pour elle-même.

Recroquevillé sur ma paillasse, les côtes meurtries, je feignais de dormir. Je savais pourquoi ma mère nous quittait si tôt, je savais où elle se rendait et ce qu'elle allait y faire, mais j'étais trop jeune pour saisir l'importance de ce geste. Plus tard, sans vraiment chercher à comprendre, j'appris qu'une brassée de paddy suspendue à l'entrée d'une case portait bonheur et chassait les mauvais esprits.

C'est donc le début de la belle saison, la saison sèche. Comme la saison pluvieuse, cette dernière dure environ six mois : six mois de danse, six mois de fête, six mois de joie. Adieu pluies incessantes et impitoyables cyclones, vive le beau temps !

Souvent, pour moissonner leurs champs, les cultivateurs avaient l'habitude de s'entraider. Mais au-delà de cette solidarité dont notre société était coutumière, ce que recherchaient les paysans c'était avant tout la fête. Oui ! C'était leur façon à eux d'honorer l'avènement de la belle saison, et aussi d'oublier ces durs moments qu'ils venaient de passer dans l'angoisse et le labeur. La psychose des cyclones et la morosité des pluies, qui duraient parfois des journées entières, devaient laisser la place à la joie de vivre traditionnelle.

De retour au village, ma mère exécuta le geste rituel avant de s'affairer à mettre au point les derniers détails de la fête. Je quittai mon grabat paresseusement, avec cette répulsion insurmontable qui me torturait chaque fois que je devais me rendre au champ. Pourtant, ce n'était pas une journée comme une autre, loin s'en faut. C'était bien une journée de fête, une journée informelle dont les principaux bénéficiaires étaient les jeunes garçons qui y participaient, principalement pour savourer les multitudes victuailles offertes par l'organisateur, mais aussi pour faire des avances aux jeunes filles libres comme l'air.

Après avoir avalé d'un trait mon petit déjeuner, je pris en compagnie de ma mère la direction nord, en route vers notre champ. Les villageois étaient particulièrement agités, des tam-tams résonnaient de partout. Peu à peu la sensation désagréable que j'avais à l'idée de partir au champ m'abandonna, et l'ambiance électrique qui régnait dans le village fit naître en moi un état de surexcitation, qui allait bientôt virer à la déception.

Cette première participation à la fête de la moisson fut pour moi loin d'être emblématique. En effet, à cause de mon jeune âge, l'ordre me fut donné de rester éloigné des acteurs. Je devais avoir cinq ans tout au plus. Oh, j'ai dû sûrement y participer avant, mais bien attaché sur le dos de ma mère, à cet âge où l'on regarde tout sans rien voir vraiment, cet âge où gestes, caprices, cris, pleurs, s'avèrent innocents.

Dans mon village, nombreux étaient les cultivateurs qui, pour moissonner le paddy, utilisaient des coquilles d'escargots, ce qui demandait une certaine dextérité pour les manipuler. La coquille à la main droite ou gauche, le moissonneur coupait les épis de paddy, les faisait passer à l'autre main, et piétinait les tiges dépourvues d'épis au fur et à mesure qu'il avançait ; tout cela avec une habileté surprenante et une rapidité inouïe. Une fois la main pleine d'épis, le moissonneur déposait le contenu à même le sol. Certaines personnes spécialement choisies amassaient alors à un endroit approprié ces dépôts qui, au fil des heures, formaient une sorte de pyramide dorée. Véritable travail d'artiste !

A mon âge, vu la délicatesse du travail et le danger à manipuler la coquille -si danger il y avait réellement-, cela aurait été imprudent de me laisser agir selon mon propre arbitre, c'est-à-dire moissonner moi aussi. Je fus donc condamné à suivre le spectacle de loin. Je me contentai de rester sagement derrière les moissonneurs, ramassant les quelques épis qui tombaient involontairement de leurs mains. Dès que je voyais un groupe de jeunes moissonneurs se désaltérer sous l'ombrage, j'allais à leur rencontre avec une seule idée en tête : pouvoir tenir au moins une fois dans ma main cette coquille qui me paraissait magique. A chaque fois, tel un animal nuisible, j'étais accueilli par des grondements avertisseurs. Tout contrit, je me résignai à mon sort et regagnai amèrement ma place : là où les femmes préparaient le déjeuner.

A midi, tous les moissonneurs se mirent à l'ombre pour la pause. Assis là, qui sur des morceaux de troncs d'arbres, qui sur des pierres, qui à même le sol, ils buvaient en racontant des histoires, ces mêmes histoires cent fois racontées mais dont on prenait toujours grand plaisir à les réécouter car le ton variait selon le conteur. Dans l'euphorie générale, ils attendaient que les femmes viennent leur apporter le fruit de leur effort : un repas pantagruélique. Une fois servis, le calme revint car « la bouche qui mange ne doit pas parler ». Oui, « si tu manges en parlant, tu invites Satan à partager ton repas, donc sacrilège ; tout aliment doit être avalé dans le silence, ou tout au moins il faut essayer », me disait souvent ma mère. Dans le silence donc, entrecoupé de gloussements causés par de grandes gorgées avalées trop rapidement ou de mouchages dus à la sauce trop pimentée, mes héros dégustèrent le succulent déjeuner. Le repas fini, chacun rota tout en caressant son ventre ballonné, pour montrer que le repas fut bon et suffisant. Certains se curèrent les dents avec des tiges de feuilles de cocotier tandis que d'autres s'en furent derrière les buissons pour faire je ne sais quoi.

Je mangeai avec les garçons de mon âge. Comme d'habitude, ma mère mit de côté un plat pour moi car elle savait que chaque fois que je mangeais avec du monde, je restais toujours le ventre creux. En effet, au lieu de remplir mon estomac, j'avais l'art de dessiner n'importe quoi par terre, ou encore je regardais les autres mâcher, me demandant pourquoi ils plissaient leurs yeux après chaque gorgée avalée. Excédée par cette mauvaise habitude, ma mère me donnait des claques, mais je demeurais toujours aussi rétif. Aussi finit-elle par résoudre le problème soit en me faisant manger avec elle, soit en me réservant une part en cas de besoin. Mais ce jour-là je n'avais d'autre appétit que celui de moissonner moi aussi. Le spectacle était trop fascinant pour être suivi passivement.

Après deux heures de repos bien mérité, mes héros reprirent le travail avec autant de vigueur et de bonne humeur que le matin. L'après-midi passa comme un éclair. Est-ce parce que la chaleur était moins torride ? Je ne saurai le dire. En tout cas, vers dix-huit heures, les moissonneurs ne laissèrent derrière eux qu'une grande surface riante, celle-là même qui, quelques heures auparavant, avait été un immense champ doré.

Content d'avoir passé une belle journée de fête, tout ce petit monde regagna le village à la queue leu leu en chantant. Les hommes ouvraient la marche, les femmes et les enfants suivaient derrière, les jeunes filles et les jeunes garçons fermaient le cortège. Tout le monde était fatigué mais gai. C'est merveille que de vivre ces moments-là, encore faut-il pouvoir participer à la fête !

La fête de la moisson, malgré sa vivacité, son ambiance pétulante, sa liberté aussi pour les âmes quotidiennement claustrées, n'est pas la plus grande de nos fêtes. Laquelle est vraiment la plus importante ? Difficile à dire, en ce sens que toutes ces fêtes se ressemblent ; elles ne diffèrent que par le détail. Cependant, religieusement parlant, il semble que la plus importante c'est celle qui clôt le mois de ramadan : l'Id-Al-Fitr.

L'Id-Al-Fitr est en effet une fête pas comme les autres. Elle représente le côté rose de la vie : les familles, plus miséreuses que la misère, mangent à l'occasion à leur faim, oublient ne serait-ce que momentanément le train-train déplorable de leur vie quotidienne. Moutons, chèvres, oies, dindes, canards, poules, sont égorgés, suivant les moyens de chacun ; les pieds habituellement nus se voient offrir le luxe de porter des chaussures. Tout le monde a son complet neuf ; les jeunes filles se métamorphosent en fantastiques créatures d'une beauté à vous laisser perplexe. Les foyers luisent d'une propreté resplendissante, incompréhensible. Et puis... le bain rituel. Tout le monde se fait une obligation de prendre un bain ce jour bien différent des autres, comme si chacun voulait se purifier, oublier son passé et opter pour une nouvelle vie sans haine, sans heurts, sans problèmes, sans misères.

La fête commençait pour moi dès l'instant où, assis à la plage, les yeux scrutant l'horizon à la recherche d'une tache blanche en forme de croissant, je voyais poindre la lune dans l'éclat rouge sang que laisse toujours derrière lui le soleil couchant. C'était le signe annonciateur de la fin du ramadan et de la fête à partir du lendemain.

Comme tout galopin, je vivais intensément cette fête, laissant tous les soucis financiers et autres à ma mère. Cependant, il suffisait que ma mère me dise d'enfiler mes habits neufs et d'aller à la mosquée pour que mon exultation se transformât en bouderie. Ce n'est pas que je préférais rester éternellement en loques, mais l'idée qu'en sortant tous mes compagnons de jeu commenteraient -en bien ou en mal- la façon dont je m'étais présenté m'intimidait. Or le jour de l'Id-Al-Fitr, il était hors de question de se présenter sale et en frippes devant ses compagnons.

— Est-ce que tu as pris ta douche ? me demanda ma mère ce matin-là.

— Oui,m'man, répondis-je.

— Bien, mon fils, bien ; va me chercher maintenant

tes jolis habits dans ma valise, et apporte-moi en même temps la bouteille d'huile qui est sous le lit.

Je savais ce que ma mère voulait faire avec la bouteille d'huile et j'avais horreur de cela, mais pour ne pas la contrarier, je fis à contrecœur ce qu'elle me demandait.

Avant de peigner nos cheveux, ma mère avait la manie d'enduire d'huile nos têtes ; « c'est parce que vos cheveux sont durs », disait-elle alors invariablement lorsque nous montrions des signes d'énervement. Mais cette fois elle alla trop loin : ce n'était pas seulement ma tête qui baignait dans l'huile, mais tout mon corps. Ma mère voulait me voir briller, comme si j'allais être vendu aux enchères. Je subissais alors avec dépit les caprices d'une mère qui tenait absolument à ce que son « benjamin chéri soit le plus beau bambin du quartier ». Remarquant que je me laissais faire avec mauvaise grâce, elle se mit à me couvrir de jolis mots, à me flagorner, mais je restai inébranlable. Au bout d'un moment elle me dit :

— Tu vas voir comme tu vas être beau.

— Je n'aime pas quand tu me mets plein d'huile comme ça, fis-je dans un ton boudeur.

— Mais ça va te faire du bien, tu vas voir.

— J'aurai trop chaud, et je n'aime pas ça, continuai-je à protester.

— Mais non, tu vas te sentir bien dans ta peau.

— De quoi j'aurai l'air tout gluant comme ça ? Je suis sûr que mes camarades vont se moquer de moi.

— Ça oui alors, parce que tu ressembles à un de ces sorciers en transe, plaisanta ma tante en entrant chez nous.

Ma mère lui fit de grands signes pour se taire, mais c'était trop tard. Je ressemblais à un sorcier en transe, moi ? Cette plaisanterie de mauvais goût me plongea dans l'abîme. Des larmes commencèrent à couler sur mon visage, mais j'eus vite fait de les essuyer car je ne voulais surtout pas pleurer en présence de cette femme qui avait toujours le mot pour blesser.

— Mais non ! Je suis sûre que tu vas être le garçon le plus élégant du village, me rassurait ma mère ; et puis, ajouta-t-elle en s'adressant à sa sœur, qu'est-ce que tu as contre les sorciers, toi ? ton père n'en est-il pas un ?

— Oh, je plaisantais juste, fit ma tante ; sûr qu'il est élégant.

Je n'étais pas assez stupide pour croire à la franchise de toutes ces belles paroles. Tête baissée, je creusais un trou par terre avec mes orteils, tout en mâchant mon amertume. Une fois son opération finie, ma mère m'enfila les beaux habits, me fit tourner deux fois et, reculant d'un pas, me regarda avec une admiration feinte.

— Parfait, dit-elle ; maintenant tu vas aller à la mosquée.

— ...

— Oh ! Tu boudes ? fit-elle comme désolée.

— ...

— Tu ne vas pas te gâcher cette belle journée de fête ! Allez, va mon enfant.

J'hésitai un moment. « Est-ce qu'on va se moquer de moi ? Est-ce que je ressemble vraiment à un sorcier en transe ? Pourquoi ne suis-je pas heureux comme tous ces gamins que j'entends crier dehors ? » me demandais-je. Puis je partis à petits trots, bien décidé à oublier cet incident et à vivre cette journée comme il se devait : dans la joie et la bonne humeur.

Se rendre à la mosquée était un autre problème. Dans cette maison de Dieu les commentaires allaient bon train. Au lieu d'effectuer machinalement les rites habituels de la fête comme nos aînés, nous nous examinions attentivement de la tête au pied, et le moindre défaut déclenchait des rires étouffés. En fait, la bande était divisée en deux : il y avait d'un côté les « ingénus », c'est-à-dire ceux qui allaient presque régulièrement à la mosquée malgré leur jeune âge ; ils s'habillaient en boubous blancs et un grossier fez cachait leur crâne toujours fraîchement rasé. Et il y avait les « têtes dures » dont je faisais partie ; nous portions des pagnes et ne nous rendions à la maison de Dieu qu'à coups de gifles, d'où notre comportement désintéressé une fois là-dedans. Cet endroit nous inspirait la mort car juste derrière nous étaient soigneusement rangés les lits qui transportaient les défunts dans leur nouvelle demeure. Nous n'attendions qu'une chose : la fin de la cérémonie.

A peine eut-on fini la prière que je courus chez ma mère. Mon premier réflexe fut d'enlever le pagne qui m'empêchait de marcher à mon aise.

— Comment ça se fait que tu sois déjà là ? La cérémonie est déjà finie ? s'étonna ma mère.

— Non... je veux dire oui... c'est-à-dire que la prière est finie, et les grands ont dit que nous pouvions partir si nous le désirions, dis-je en riant stupidement.

Me connaissant, et vu ma réponse balbutiante, ma mère avait tout compris.

— Attention hein ! On ne badine pas avec Dieu, me dit-elle gentiment ; viens prendre ton petit déjeuner.

Ah ! Le moment tant attendu ! Je me précipitai sur les plats et commençai à me gaver de biscuits, de bananes et de maniocs grillés, de poissons frits, le tout accompagné d'une sauce succulente et d'un bon thé à base de feuilles de caféier. Avec de tels mets, j'étais capable de manger jusqu'à l'indigestion, mais ce n'était pas un problème puisqu'une telle occasion ne se présentait qu'une fois l'an. En un rien de temps, je vidai mon assiette et mon bol, après quoi je me rendis à la plage où la fête battait déjà son plein.

Deux courses s'y déroulaient. La première n'était qu'une course de fond ordinaire : les participants avaient à parcourir trois fois la plage qui fait un kilomètre de long. La seconde, par contre, était un peu spéciale car les candidats se mettaient dans des sacs de riz vides et, tels des kangourous, devaient parcourir une centaine de mètres en sautillant. Les spectateurs les encourageaient, hurlant et battant des mains, tandis que les spectatrices poussaient leurs habituels youyous stridents. Puis il y eut la course de moto sur un terrain de foot bosselé, un spectacle que j'aimais particulièrement suivre, rien que pour le plaisir de voir les concurrents se casser la figure. Dans l'après-midi, nous eûmes droit à un semblant de carnaval dont la mise en scène laissait à désirer ; la seule chose spectaculaire était les masques grimaçants que portaient les acteurs. Et enfin le soir, la kermesse.

De tous les jeux livrés à la kermesse, aucun ne m'était vraiment familier, tellement je jouais rarement. Non parce que je ne m'y intéressais guère, mais j'étais si malchanceux et maladroit que personne, pas même ma mère, ne daignait me donner de l'argent pour aller le perdre sans contrepartie. Dans la clôture où eut lieu la kermesse, la foule était surexcitée. Chaque responsable de jeu faisait de son mieux pour attirer les clients, mais un slogan dominait tous les autres : c'était celui du responsable des dés, qui criait à tue-tête « RYALI RYALI TSANO » - misez 10 centimes, vous en gagnerez 50 -. De par son charme, ce garçon était un véritable diable de l'ambiance ; il ne tardait pas à rassembler autour de lui la presque totalité des joueurs, provoquant l'envie des autres « propriétaires » de stands. On ne pouvait quitter la clôture sans aller faire un tour vers son guichet, et on ne pouvait partir sans y miser ne serait-ce qu'une petite somme. A lui tout seul, il pouvait assurer aussi l'ambiance musicale, mais il y avait quand même des électrophones qui crachaient des J. Bokelo, Sam Mangwana, Bibi Chakila, Franklin Boukaka, Franco, etc. Les chansons malgaches n'étaient pas oubliées, et à titre spécial, des chansons françaises. Ces dernières étaient toujours accueillies par des sifflets et des huées, tellement elles endormaient l'assistance ; et si on s'acharnait à les mettre à titre spécial, c'est parce que cela faisait partie des jeux : il y avait un guichet où en misant 10 centimes on gagnait le droit d'écouter telle ou telle chanson.

Les joueurs, pour la plupart, se faisaient avoir car souvent l'enjeu à comparer à la somme misée, était on ne peut plus dérisoire, comme par exemple gagner le droit d'écouter une chanson française. Cela poussait parfois des gens à ébaucher des gestes mous de protestation, mais ça n'allait pas plus loin car il y avait de la joie, et rien ne pouvait égaler cela. Au diable toute inquiétude de perte ! qu'on perde ou qu'on gagne, c'était bien là une question secondaire. L'essentiel était de jouer, participer à la fête, laquelle ne prenait fin que tard dans la nuit ; mais ce n'était que partie remise car elle recommençait le lendemain et le surlendemain, à un degré moindre cependant car la fatigue commençait à gagner les braves joueurs. Et puis, il fallait bien qu'ils soient frais pour bientôt car une autre fête non moins spectaculaire les attendait : le « N'GOMA YA GNOMBE ». Eh oui ! comme me disait souvent un de mes cousins, « Maoré, vitrine de l'océan indien, est un doux berceau de tout un amalgame de fêtes ; un géant s'amuse à cracher dans sa bouche, à marcher sur son ventre, à danser sur ses côtes, mais pour l'instant elle ne crie pas parce qu'elle a encore ses fêtes ».

Le N'goma ya gnombé -tam-tam bœuf- est en fait un spectacle très proche de la corrida, à cette différence près qu'à Maoré, l'animal n'est pas mis à mort, il n'est même pas touché. Les acteurs affrontent le taureau et se contentent tout bonnement de l'esquiver. De nos jours, ce jeu se pratique de moins en moins, surtout dans ces gros villages qu'on appelle villes là-bas...

Par un après-midi torride de la saison sèche, des hommes s'amusaient à nettoyer la place publique de M'zoisia. En général, c'était le signe annonciateur d'une manifestation quelconque. Curieux de savoir ce qui s'y tramait, je demandai à l'un des hommes s'il y avait une réunion du MPM (Mouvement populaire mahorais) le soir. Par des hochements de tête, il me fit comprendre que non. « Si ce ne sont pas les dictateurs du MPM, qui alors peut bien obliger ces hommes à balayer cette place ? », me demandai-je. Puis, à force de tourner en rond dans les environs, je finis par voir l'homme qui m'avait répondu par des hochements de tête réprobateurs amasser bois, bambous, lianes, et creuser des trous profonds pour dresser une palissade. Je compris alors qu'il était question de N'goma ya gnombé.

Vers seize heures trente, des joueurs de tam-tam s'adonnèrent à montrer leur talent aux spectateurs. Ces derniers, parqués consciencieusement derrière la palissade, répondaient à l'appel percutant des tam-tams, en chantant tous en chœur « ILOLO BAYI LOLO ». En attendant le moment de vérité, les « toreros » esquissaient des pas de danse cadencés, en chantant eux aussi. Puis soudain des cris s'élevèrent, et tous les regards se tournèrent vers l'entrée de la place : c'était le taureau qui faisait son entrée triomphale, avec un pagne accroché sur ses impressionnantes cornes. On l'attacha d'abord sur l'un des poteaux de la palissade, juste pour faire durer un peu les moments savoureux de danse. Les femmes poussaient des youyous stridents à vous perforer les tympans. Chacune d'elles, emportée par la mélodie mielleuse des chansons, se dirigeait en dansant vers un « torero » pour lui offrir le cadeau d'encouragement : le sourire aux lèvres, la femme enroulait un pagne autour du cou de son élu ; ce dernier, aux anges, redoublait la cadence au point de se rendre ridicule.

Après une heure de danse et de gestes prometteurs, on détacha le taureau qui, abruti par tant de tapage, refusa d'abord de bouger. Puis tout doucement, secouant la tête comme pour se débarrasser du pagne qui couvrait ses armes, l'animal réalisa à quel point il était la star de ce moment intense. Il se dirigea alors à vive allure vers ses provocateurs qui, alignés les uns derrière les autres, montraient ce qu'ils savaient faire en la matière. Les femmes redoublaient les battements de mains, poussaient encore plus fort des cris joyeux, encourageaient de plus belle ces hommes prêts à ramasser un coup de cornes dans le ventre ou même plus bas, pour le plaisir des spectateurs.

A plusieurs reprises, l'animal tenta de faire un malheur mais en vain. Par moments, il s'arrêtait pour reprendre son souffle, grattait nerveusement la terre pour mieux reprendre son élan. A force de charger sans succès, l'animal encornait de temps en temps la terre. Epuisé et fou de rage, il salivait à chaque coup de corne donné dans le vide, secouant fièvreusement sa queue comme s'il voulait se faire justice sur les mouches qui logeaient sur son arrière-train. Finalement, ses efforts furent couronnés de succès, et ce qui devait arriver à un moment ou à un autre arriva : l'animal finit par surprendre un des « toreros ». Ce dernier, se trouvant trop près de son voisin de devant qui donc le masquait, n'eut pas le temps de réagir lorsque ce fut son tour d'esquiver la bête. Fort heureusement, il fut projeté à terre non pas par les cornes mais par le front de l'animal. Toute la foule cria au scandale. Les autres « toreros » eurent beau essayer d'attirer l'attention de la bête sur une autre cible, le taureau continuait à s'acharner sur sa victime. Les femmes partirent alors dans de longs LA ILA HA ILA LAHOU MOUHAMADOU'N RASSOULOU LAHOU. Et pendant ce temps, tout ce qui semblait intéresser la bête c'était de rouler convulsivement le pauvre hère dans la poussière. Ce fut un spectacle dramatique qui, Dieu soit loué !, ne dura pas longtemps. Par je ne sais quel miracle, l'homme parvint à se relever sans côtes cassées ; il s'en sortit sain et sauf, ayant eu plus de peur que de mal. La suite de la fête ? Ne la lui demandez pas, il ne saurait que vous dire. Car après l'incident, le cœur sans doute encore chaud de cette mésaventure, notre brave « torero » s'en fut reprendre ses esprits chez lui. « Jamais je n'ai vu la mort d'aussi près », dira-t-il plus tard en rigolant.

Froussard comme j'étais, je prenais toutes mes précautions. Je pensais que l'animal était bien capable de forcer la palissade. Aussi je préférais suivre le spectacle perché sur le toit d'une case. Là-haut, je me sentais drôlement en sécurité, et je pouvais en toute tranquillité savourer ces délicieux moments. Beaucoup de mes camarades suivaient aussi le spectacle à mes côtés.

J'aimais beaucoup ce jeu, mais jamais il ne m'était venu à l'esprit d'être un jour parmi ces « toreros » que j'enviais pourtant. J'étais trop peureux et de toute façon trop jeune pour risquer une telle entreprise. J'avais fait mien le principe de mon grand-père, selon lequel avant de s'embarquer dans une aventure, il faut d'abord mesurer et accepter tous les risques et périls qui peuvent en découler. C'est pourquoi, lorsqu'il y eut l'incident, je dis indifféremment à mes compagnons que cela faisait partie du jeu, et que la victime, artiste de l'aventure gratuite, n'était nullement à plaindre. Mais ce genre d'incidents n'arrivait pas souvent, et heureusement car sinon ç'aurait été une fête en moins.

CHAPITRE II

C'était une belle journée de l'hivernage. La veille, la pluie avait été tellement violente qu'un petit ruisseau à proximité du village s'était transformé en gigantesque fleuve. Au petit matin, comme à l'accoutumée, les enfants se rendaient à l'école coranique, le ventre creux. A cause de la faim, ces quelques heures passées à l'école paraissaient horriblement longues, mais ce jour-là la faim avait pris un tout autre aspect : les écoliers mouraient d'envie de se rendre à l'endroit où avait lieu l'événement du jour. « Comment un petit ruisseau de rien du tout peut-il se transformer subitement en un aussi grand fleuve menaçant déjà tous ceux qui s'aventuraient à le traverser ? », se demandaient-ils tous.

A cette heure matinale, les enfants, jugés trop jeunes pour posséder des connaissances sur le livre sacré, pouvaient eux prendre leur petit déjeuner ; eux seuls aussi pouvaient aller où ils voulaient, dans des limites raisonnables bien sûr. Ce matin, une fois rassasiés, tous se ruèrent vers la plage pour s'amuser au bord du fleuve. Le soleil, commençant à peine à darder ses rayons, faisait miroiter leurs frêles corps nus. Innocemment, ils s'amusaient à confectionner des maisons en sable, à attraper des crabes pour organiser ensuite des combats. Leurs cris joyeux, mêlés au grondement du fleuve, se perdaient à l'horizon. Ils semblaient insouciants du danger qui pouvait les frapper en cas d'imprudence de leur part. En effet, une fois tombés dans le fleuve, portés par le courant, pris dans les tourbillonnements des eaux mêlées, c'en était fini d'eux. Mais le spectacle était trop séduisant, trop enivrant pour avoir en tête de telles idées macabres. Et ils restaient là à s'amuser jusqu'au bord de l'épuisement.

Lorsque la nouvelle arriva à l'école, je partis aussitôt en douce. Je me réfugiai dans une masure, non loin du fleuve. Je n'osais pas pointer mon nez dehors, de peur d'être dénoncé par un quelconque « faiseur de bons garçons ». De ma cachette me parvenaient les cris des gamins ; je collai mon œil sur un trou et suivis ainsi tout ce qui se passait dehors. Je ne sortis de ma cachette que lorsque je vis un de mes camarades se mêler à la bande de galopins. J'avais terriblement faim, mais au lieu d'aller prendre mon petit déjeuner, je m'abandonnai à la tentation du spectacle.

Le fleuve coulait indolemment, mais cette indolence n'était qu'une apparence. L'eau tourbillonnait d'une manière telle que le bord de la mer était devenu rougeâtre. Au fil des heures, cette couleur hideuse avait atteint une grande partie de la mer. La plage était d'une saleté parfaitement repoussante : des morceaux de bois, des noix de coco, des fruits pourris, tous emportés par le fleuve, venaient y échouer. Les mordus de la mer et de la plage, à leur grande indignation, étaient contraints d'attendre quelques jours avant de pouvoir se baigner. Entre la pluie diluvienne qui s'était abattue sur le village et le beau temps qui régnait maintenant, il y avait ce fleuve en furie, symbole de ce contraste bien caractéristique de la saison des pluies. Debout à quelques centimètres du fleuve, je le regardai, émerveillé, lécher parfois à grands coups de langue, parfois en douceur, le sable gris blanc. Par son grondement sourd interposé, il me parlait un langage occulte, et mon esprit se mit alors à divaguer. Je revivais les moments intimes où, saisie par je ne sais quelle nostalgie, ma mère nous parlait de ce cyclone qui avait effrayé toute l'île, et qui servait maintenant de référence aux vieux du village.

Je revivais les moments creux des saisons où, n'ayant rien à manger, j'allais chaparder quelques bananes vertes, quelques tentacules de poulpes secs, et invitais mes camarades à venir pique-niquer avec moi, à mes frais.

Je revivais les dures journées de la saison pluvieuse passées dans notre champ, courbé des heures durant sous un soleil de plomb.

Je revivais les longues et interminables heures d'école coranique durant lesquelles il fallait réciter toujours plus fort nos versets, sans comprendre un traître mot de ce que nous récitions.

Je revivais les rencontres très animées de football, des moments -est-il besoin de le dire ?- de fête qui, à force de railleries fusant des deux camps des supporters, tournaient parfois en émeutes.

Je revivais ce soir où, ayant fait l'école buissonnière toute la journée, je fus privé de dîner et, tout contrit, j'allai me coucher, incapable de trouver le sommeil.

Je revivais ma première rencontre avec les « wazoungou » (Blancs), ce jour lointain de la saison sèche, et quel fut alors le choc que leur comportement altier et impudique avait provoqué chez moi - ils étaient tous presque nus et commandaient bruyamment des coquillages aux badauds qui s'étaient regroupés autour d'eux.

Je revivais ces moments privilégiés où, assis sur les genoux fatigués de mon grand-père, je me laissais conquérir par ses histoires invraisemblables sur ces « wazoungou » qui se faisaient transporter par des « Baco » (indigènes), parce qu'ils ne voulaient pas se salir les pieds.

Je revivais ce jour où, debout au pied d'un manguier, j'entendis derrière moi le bruit sourd d'un objet lourd tombé : c'était un de mes cousins qui, du haut du manguier, avait perdu l'équilibre et venait de faire un atterrissage forcé, cul par-dessus tête ; il braillait comme un possédé. Affolé, je mis longtemps à surmonter ma frayeur, et lorsque je réalisai qu'il me fallait aller chercher de l'aide au village, le pauvre avait retrouvé ses esprits.

Je revivais ce jour où, à ma honte éternelle, ma mère me prit en flagrant délit en train de lui voler son argent pour aller m'acheter des bonbons au peppermint ; la raclée que je pris fut à la hauteur de ma malhonnêteté.

Je revivais ce jour où, excédé par mes sarcasmes, mon frère m'envoya de toutes ses forces une bille sur la tête, me laissant là, abruti par la douleur, les yeux pleins d'étincelles.

Et je revivais tous ces soirs où, contemplant la couleur rouge sang du soleil couchant, je me soulageais à la plage en chantonnant des chansons insignifiantes, et parfois, les yeux pleins de larmes à force de pousser, je baissais la tête pour dessiner sur le sable des choses incohérentes.

Au-delà du fleuve, on apercevait une multitude de cocotiers, ces arbres qui, avec leur tronc élancé, vous font perdre haleine à tant vouloir les grimper. D'innombrables mangroves, devenues le refuge des malheureux oiseaux, défiaient la mer. En des moments comme celui-là, on n'a point besoin de fusil pour s'offrir un bon petit oiseau des mers ; il suffit d'attendre la marée basse et, la nuit tombée, s'engouffrer dans les mangroves pour les attraper. Seulement, il faut veiller à ce qu'il n'y ait aucun craquement même d'une petite brindille, tellement ces oiseaux ont l'ouïe fine ; au moindre bruit, ils changent de place, faisant glisser d'une branche à une autre leur plumage étincelant.

Cet événement s'ancre profondément à l'histoire de ma scolarité. Je m'amusais comme tous mes compagnons au bord du fleuve lorsque ma mère me dit que je partirais à l'école le lendemain matin. Il devait être onze heures du matin. Je n'en crus pas mes oreilles. Cela faisait longtemps déjà que je voulais y aller, et j'enviais toujours ceux qui avaient la chance, cartable au dos, de prendre le chemin qui menait à ce grand bâtiment blanc au bout du village, l'unique école des environs.

« Abdou, demain matin tu iras à l'école », m'avait dit ma mère en souriant.

Stupéfait, je regardai ma mère comme si c'était la première fois que je la voyais, une poignée de sable dans la paume. Par la même occasion, elle m'enjoignit de rentrer avec elle à la maison. « C'est donc ça », me dis-je ; « c'est pour me faire rentrer à la maison sans histoires qu'elle m'a dit ça, je suis sûr qu'elle bluffe », pensais-je non sans déception. Pas bien rassuré, je la suivis quand même. En chemin, chaque fois que je croisais un garçon de mon âge, je lui faisais part de ma joie malgré mon doute sur le bien-fondé de la déclaration de ma mère.

— C'est vrai ? demandaient-ils tous.

— Ahan ! Demandez à ma mère, disais-je fièrement.

— Tu porteras alors un cartable plein de bâtonnets ?

— Bien sûr !

— Et tu auras une ardoise et une craie pour dessiner des arbres avec des oiseaux dessus ?

— Je porterai même des chaussures.

— Tu es content alors ?

— Evidemment que je suis content, et même que je saurai causer en français, comme les wazoungou.

— Tu as bien de la chance, concluaient-ils.

Rêveurs, ils me regardaient m'éloigner en dodelinant de la tête.

A l'époque, l'école n'était pas obligatoire ; n'y allait donc pas qui le voulait. Tout dépendait de la volonté des parents. C'est ainsi que beaucoup de garçons, parce que les parents préféraient les garder avec eux pour effectuer en complément des travaux champêtres, n'ont jamais su comment était fait l'intérieur d'une école. Quant aux filles, principales victimes de ce dédain des parents pour l'école française, elles n'étaient pas envoyées à l'école tout simplement parce que « leur place était à la maison ». Pour devenir une bonne épouse et une bonne femme d'intérieur, point n'était besoin d'aller perdre son temps à l'école. « Et puis merde, disaient toujours les vieux sages du village, pourquoi envoyer ces enfants là-bas ? Et pour leur apprendre quoi ? Que nous avons un peu de sang bantou, un peu de sang sémite, un peu de sang malgache et un peu de sang arabe ? A quoi cela leur servira de savoir toute cette bagatelle ? Ah ! Comme ils se compliquent la vie les jeunes d'aujourd'hui ! Nous, jamais nous n'avons usé le derrière de notre pantalon sur un satané banc ; pauvres nous le sommes, certes, mais avec l'aide de Dieu la nature est là pour nous nourrir ; de plus, nous possédons beaucoup de bœufs, nous avons de grands champs, nous sommes polygames,

AL HAMDOU LILAHI, alors qu'est-ce qu'un homme peut désirer avoir de plus dans la vie ? »

Il est vrai que c'est grâce à l'aide de Dieu que la plupart des Maorais subviennent aux besoins de leurs familles. Mais l'heure est à l'industrialisation de la planète et, la crise ayant pris le pas sur la prospérité, solidarité et hospitalité n'ont plus la même signification. De fait, le Paradis commence à devenir austère, et peu à peu se transforme en Enfer. Pour survivre, il ne suffit plus d'entretenir les merveilles de la nature ; pour se nourrir, il faut faire couler la sueur de son propre front, veiller à chaque instant au respect des frontières superficiellement tracées, se bagarrer avec son frère pour des futilités, tout cela à cause de la notion de propriété privée devenue le lot de notre société malade. Quel Maorais aurait pensé qu'un jour on vendrait au bazar une noix de coco, ou une orange, ou encore une mangue, ou enfin un paquet de fagot ? Il y a encore quelques années de ça, quand on avait soif, on pouvait grimper sur n'importe quel cocotier pour se désaltérer. Aujourd'hui, cette liberté, ce besoin naturel de tout partager avec tous n'existe pour ainsi dire plus. On assiste à de continuelles altercations parce que le fils d'untel a amené paître sa chèvre dans le champ d'untel, geste qui autrefois paraissait aller de soi. Plus fréquemment encore finit au tribunal, non sans règlements de compte parfois violents auparavant, un différend futile entre voisins. « Cette île crie sa détresse, pleure ses traditions qui vont en s'effritant, et on l'accuse de vouloir faire preuve de rigorisme. Le bateau est sur le point de faire naufrage, mais personne ne veut mesurer l'ampleur de la catastrophe parce que tout le monde fuit la réalité ; et lorsque sonnera le glas, nombreuses seront les victimes cependant que le capitaine s'en sortira sain et sauf parce qu'il est malin, il a toujours été malin », avait l'habitude de dire le plus âgé de mes oncles.

En arrivant à la maison, malgré mon doute, je rayonnais de joie. On pouvait faire de moi ce qu'on voulait, je n'aurais pas réagi. Mes sœurs étaient à la fois contentes pour moi et envieuses. Envieuses parce qu'elles ne pouvaient malheureusement espérer avoir un jour le privilège d'aller à l'école ; par conséquent l'instruction, cette clé qui ouvre la deuxième porte de notre liberté, resterait à jamais un mystère pour elles. Elles étaient contentes pour moi parce que j'allais être inscrit à l'école, et même si elles ignoraient alors jusqu'à quel niveau je comptais poursuivre mes études, j'étais déjà quelqu'un qui un jour ou l'autre prendrait en charge la famille. Optimisme béat ? Mégalomanie ? Pas du tout. Car sachant combien j'avais envie d'aller à l'école et n'ignorant pas à quel point je pouvais m'investir pour réussir, elles étaient persuadées de ma réussite. Et puis, point n'était besoin alors de sortir d'une grande école ou d'être Docteur pour avoir une bonne situation. Par exemple, pour devenir instituteur, cela ne demandait pas une extraordinaire intelligence. N'importe qui sachant lire et écrire pouvait exercer ce métier ô combien noble. Il suffisait d'un peu de patience et de sérieux de ma part pour apprendre à lire et à écrire, après quoi choisir de devenir instituteur et donc prendre en charge ma famille. Et le tour était joué.

— Tu sais ce que tu dois faire maintenant ? me dit ma grande sœur en souriant.

— Oui, manger, je meurs de faim.

— Ça peut attendre, ça, tu dois d'abord prendre une douche parce que tu sens le bouc, puis te faire couper les cheveux, et seulement après tu pourras manger, insista ma sœur.

— Il semble que je n'ai pas le choix.

— Exactement, fit ma sœur en me pinçant une oreille.

— Mais pourquoi ? commençai-je à protester.

— Tout simplement parce qu'il faut que tu sois propre et présentable demain, comme un petit prince.

Je sentis que ma sœur me taquinait et cela m'irrita.

— Mais il ne s'agit que d'aller à l'école, en plus demain, alors pourquoi tout ce cirque maintenant ? dis-je.

Un brin d'énervement apparut dans le regard de ma sœur. Elle poussa un grand soupir avant de me lancer à brûle-pourpoint.

— Tu n'as pas honte de te présenter devant tes camarades, le corps écailleux et les cheveux hirsutes comme ça, on dirait un « m'toro » (bandit).

— Bon, ça va ; mais pour les cheveux, ne les coupe pas trop court parce que ma tête est assez spéciale, et tu feras aussi attention à mes oreilles.

— Oui, patron, dit-elle ironiquement. Je ne vois pas pourquoi tu fais tant d'histoires alors que tout ce que je te propose c'est de te faire du bien ; et puis... tu seras tellement beau que tu vas sûrement faire des jaloux, finit-elle dans un ton de confidence.

Je ne dis rien.

Tout en me coiffant, ma sœur chantonnait. Une fois, emportée peut-être par sa chanson, elle ne fit pas attention à ce qu'elle faisait, et les lames de ses ciseaux effleurèrent mon oreille droite.

— Aïe, fais attention, tu vas me couper l'oreille, criai-je.

— Qu'est-ce que tu me racontes là, tu me crois aveugle ou quoi ?

— Tes ciseaux ont touché mon oreille ; je ne tiens pas à me présenter à l'école demain une oreille en moins, et toc !

— Mais non ! Tu as seulement trop peur.

— Ça ne saigne pas ?

— Puisque je te dis que tu n'as rien ; essaie de penser à autre chose qu'au crépitement des ciseaux.

Et, calmement, elle continua son travail, toujours en chantonnant. Quelques instants plus tard, elle m'ordonna de me lever. Elle me lorgna du coin de l'œil, me fit tourner dans tous les sens, tapota ma tête en grognant quelque chose d'inaudible, et finalement, à mon grand soulagement :

— Voilà, c'est fini, tu peux aller prendre ta douche maintenant, dit-elle d'un ton autoritaire.

Je pris rapidement une douche. Maintenant tout propre et « présentable », je pouvais enfin manger et songer tranquillement à ma première journée d'écolier.

Le soir, impossible de fermer l'œil. Par l'imagination, je me voyais d'ores et déjà brillant écolier ; j'imaginais la façon dont ma mère allait m'habiller pour me présenter au directeur de l'école le lendemain matin : je portais un caleçon kaki, une chemise multicolore flottait autour de ma taille ; des mocassins chaussaient mes pieds devenus durs à force de marcher toujours nus, et une casquette, un peu inclinée vers l'avant, me protégeait du soleil qui, dès le matin, tyrannise le peuple maorais. A ces songes délirants venaient s'ajouter les piqûres infernales des moustiques et la chaleur suffocante des tropiques. J'étais très nerveux. Je maudissais cette nuit qui me paraissait plus longue et plus pénible que d'habitude. Je me mis alors à compter le nombre de gaulettes qui composaient la toiture de notre case, recommençant chaque fois que j'arrivais au milieu. Puis soudain mes paupières s'alourdirent ; mon corps, plongé dans un bain de sueur, pesait lourd à présent. Etait-ce l'effet de cette journée passée au bord du fleuve ? Peut-être. Et d'épuisement, je succombai au sommeil, mais pas pour longtemps car avec le premier chant des coqs, à l'heure où les fidèles se rendent à la mosquée pour la première prière de la journée, je me réveillai. Une heure plus tard, je sortis de la case en bâillant pour aller faire ma toilette. Après quoi, sans prendre mon petit déjeuner, je suivis ma mère sur le chemin de cette nouvelle aventure qui commençait pour moi.

L'école se trouvait à l'autre bout du village ; elle avait vue sur mer. A travers les fenêtres, côté droit en regardant au tableau noir, on pouvait contempler une immense forêt de cocotiers et d'innombrables autres arbres fruitiers. A une vingtaine de mètres, côté gauche, des lianes servaient de barrage contre les vagues qui déferlaient sur la plage, et débordaient parfois. De l'école, on pouvait voir les villageois, accroupis, ramasser des coquillages ou attraper des poissons dans le lagon à la marée basse. Dans la grande cour un imposant arbre offrait généreusement son ombre à tous ceux qui n'avaient pas envie d'exposer leur corps au soleil ; ses feuilles tombaient inlassablement, donnant ainsi du travail aux élèves indisciplinés. Ici et là étaient plantées quelques fleurs.

Ce matin-là, c'était bien la rentrée scolaire, et aussi ma première journée d'écolier. Dans le brouhaha, les instituteurs échangeaient des mots entre eux, tout en gardant leur air sévère. Tous les élèves des villages avoisinants étaient là. Ceux qui se connaissaient déjà formaient leur groupe à part, c'était le cas de mon deuxième grand frère, mon aîné de trois ans. Les nouveaux, perdus dans ce monde qui n'était pas encore le leur, ne quittaient pas d'une semelle leurs parents. Le directeur, un homme d'apparence aimable, accueillait parents et nouveaux venus, et avait un mot gentil pour chacun ; il ne manquait jamais de toucher la tête d'un petit nouveau tout perdu en lui faisant don d'un sourire courtois.

Je n'étais pas vraiment perdu parce que mon frère était là. Et même si, passant en C.P.2, il se considérait comme un « Ancien » et, en tant que tel, restait avec ses camarades de classe, il ne pouvait s'empêcher de venir de temps en temps vers moi. L'air moqueur, il me demandait si je n'étais pas trop dérouté par l'imbroglio qui régnait dans la cour. A chaque fois je lui retournais la question, feignant d'être tout à fait maître de moi. Ma mère riotait, comme pour se dire « quelle créature effrontée ! ».

Le directeur s'approcha enfin de nous. Je sentis quelque chose de froid couler dans mes veines et, tout à coup, mes mains devinrent moites. Je me blottis contre ma mère, les jambes en coton et les mains tremblantes. J'oubliai la présence de mon frère et me moquai bien de ce qu'il pouvait penser de mon comportement maintenant.

— N'aie pas peur, tout ira bien, me dit ma mère.

— Ne me laisse pas tout seul, fis-je sur le point de pleurer.

— Mais tu n'es pas tout seul ; ton frère est là, il veillera sur toi.

A ces mots, elle me poussa tendrement vers le directeur. Je compris alors beaucoup de choses : je compris que désormais je ne pourrais rester toujours auprès de ma mère comme avant, que la liberté que j'avais à courir à ma guise dans la nature était bel et bien finie, qu'il fallait bien me résigner aux symptômes de cette nouvelle vie qui s'annonçait très dure pour moi.

Le directeur, amusé, me sourit. Après avoir échangé quelques mots avec ma mère, il m'amena avec lui rejoindre les autres nouveaux. Ma mère partie, mon frère m'ignorant, j'étais au comble de la détresse. Je me sentais brusquement tout seul devant tout ce monde. Je me sentais triste et abandonné. Telle une bête sauvage enfermée pour la première fois dans une cage, je jetai des regards maussades autour de moi. « Mon Dieu, comme c'est triste d'être écolier ! », pensai-je. Heureusement, il était d'usage de ne pas garder trop longtemps les élèves le premier jour de la rentrée. En regagnant notre maison, je songeais déjà aux journées suivantes, non sans envisager sérieusement de demander à ma mère si on ne pouvait pas remettre cela pour plus tard.

Opportunément, je fis connaissance avec mes camarades de classe, mais j'eus du mal à m'adapter car non seulement j'étais timide, mais encore je me sentais toujours mal à l'aise au milieu d'une foule. Qui plus est, je faisais fi du caractère arrogant de certains élèves venant d'un village voisin du mien. Ces derniers, toujours regroupés comme un troupeau de taureaux, prenaient plaisir à se moquer de tous ceux qui ne faisaient pas partie de leur groupe ; en grandissant, ils apprenaient à haïr mon village, tremplin pourtant de leur moindre bagage intellectuel.

Progressivement, ma vie s'installa dans la routine et la monotonie. Tôt le matin je me levais pour me rendre à l'école coranique. Vers sept heures, j'allais me préparer pour l'école française. J'y restais jusqu'à midi. A quatorze heures je repartais à l'école coranique, et j'en sortais ce devait être aux environs de dix-sept ou dix-huit heures. Aucun jour de repos. Les samedis et dimanches je n'allais pas à l'école française, mais il y avait école coranique ; le vendredi toute la journée je n'allais pas à l'école coranique, mais il y avait école française le matin. Je n'avais donc que le vendredi après-midi pour me reposer, si par chance ma mère ne me demandait pas d'aller garder notre champ.

Avec un emploi du temps pareil, il m'était difficile de suivre le rythme sans craquer ; alors je commençais peu à peu à sécher les cours coraniques, allant à chaque fois errer lâchement dans les bois comme un « m'toro » recherché par les flics. Je ne rentrais à la maison qu'au coucher du soleil, feignant de revenir des cours. Bien entendu, ma mère n'en savait rien ; me faisant confiance, elle ne pouvait se douter d'une telle crapulerie de ma part. Mais il est dit que quelqu'un ayant pris l'habitude de flatuler à tout va finit par foirer un jour involontairement.

Ne pouvant plus supporter mes absences injustifiées, mon maître s'en fut un jour trouver ma mère pour lui demander des explications.

— Quoi ? Pourtant tous les soirs il... Abdouuuuu !, hurla-t-elle, hors d'elle.

J'arrivai à la course. A la vue de mon maître dans notre cour, je n'eus qu'une seule idée en tête : prendre la fuite. Mais je me dis que c'était la pire des solutions. Honteux d'être dépouillé de mon secret que je croyais inviolable, j'essayai de mentir, qui sait pourquoi. Je finis par tout avouer, et j'eus droit à la correction qui s'imposait en pareille circonstance : une bonne dizaine de coups de fouets sur mes fesses nues. Je restai sage pendant un moment, le temps que mes blessures se referment, puis je me mis à défier Allah avec récidive. J'arrêtai définitivement l'école coranique un an après que j'ai eu le statut de Collégien.

Pour ce qui est de l'école française, je n'osais pas sécher les cours parce que les instituteurs, trop méchants, punissaient sévèrement tous les absents n'ayant pas un mot d'excuse. J'étais donc obligé d'assister à tous les cours, et n'attendais parfois qu'un seul moment : la récréation. Non seulement parce qu'on nous libérait et donc, partant, je pouvais enfin aller prendre mon petit déjeuner, mais aussi parce que c'était l'un des rares moments où je pouvais m'adonner à mon jeu préféré : le « mavani ». C'était un jeu assez viril et très prisé des jeunes garçons ; il se pratiquait de préférence la nuit, mais les quelques minutes des récréations faisaient aussi bien l'affaire.

Ma première année d'école française fut pour le moins mémorable. En effet, je me payais le luxe de monopoliser la première place à chaque examen, si bien que mon instituteur, m'ayant jugé au-dessus du niveau, me demanda un jour si je voulais sauter la deuxième année. Surpris par cette demande, je répondis que oui sans vraiment comprendre encore ce qui m'arrivait. Avec l'accord du directeur, je passai directement à la rentrée suivante en première année des cours élémentaires. Je ne pouvais rêver meilleure façon de débuter ma scolarité. Mais ce n'était pas tout. Ayant commencé dans de très bonnes conditions ma nouvelle classe, mon nouvel instituteur me refit la même proposition que son collègue un an auparavant, mais cette fois le directeur exigea un test. Je le passai avec succès. Ainsi, en plein milieu de l'année scolaire, je rejoignis mes nouveaux condisciples de la deuxième année. Tout cela se passa tellement vite que je n'eus pas le temps de prendre la grosse tête. Dans ma proche famille tout le monde était ravi, sauf une personne pour qui mes performances prodigieuses étaient une humiliation : mon frère. Il n'avait pas tout à fait tort puisque je venais de le dépasser. Rongé par la jalousie, il n'hésitait pas à me battre pour un oui ou pour un non, ou encore à me réprimander à tort et à travers. Ma mère, ayant remarqué son comportement, n'avait de cesse de lui dire que si l'on trébuche, avant de s'en prendre au morceau de bois ou au caillou sur lequel on a trébuché, il faut d'abord chercher à savoir si on levait assez haut les pieds en marchant. Déjà nos relations, pour des raisons obscures, étaient pour le moins venimeuses : nous partagions la même couche, mais gare à moi si je le touchais même innocemment en plein sommeil ; nous mangions dans la même assiette, mais il m'interdisait de plonger la main là où il plongeait la sienne ; en partant tous les deux à la campagne chercher des fagots, il profitait de ma frousse maladive pour me menacer de rentrer au village sans moi. Mais en fait, dans toutes ces fantasmagories, mon frère n'y était pour rien ; il avait seulement cet âge ingrat où l'on réagit quelquefois malgré soi.

Je me trouvais donc en deuxième année des cours élémentaires, et mon frère en première année. Tout le monde s'étonnait de la facilité dont je faisais montre pour dépasser ainsi les autres, alors qu'apparemment je ne fournissais pas un effort particulier. Quant à moi, je ne demandais qu'à croire l'un des instituteurs du village aux dires duquel j'étais un élève d'un esprit prodigieux. Pour cet aimable instituteur -le seul que j'aie jamais eu durant toute ma scolarité-, l'intelligence dont je faisais preuve et qui étonnait jalousement mes condisciples était un don de Dieu. Malheureusement, ce don allait bientôt faire naître des sentiments de jalousie chez certains instituteurs, et m'attirer leurs foudres. Mais j'anticipe...

Plus tard, devenus des adolescents, c'est dans de grands éclats de rire que mon frère et moi évoquions et commentions, sans regret aucun, cette période de notre enfance. Il s'était écoulé alors quelque chose comme dix ans. Dix ans au cours desquels tellement de choses s'étaient passées entre nous ; nous étions devenus si proches l'un de l'autre, qu'il nous était facile d'oublier nos perpétuelles querelles puériles, et même d'en rire.

CHAPITRE III

Peut-être qu'un jour quelqu'un, un ami d'enfance, me demandera si je me souviens encore du temps où les « Sorodats » exerçaient une oppression exécrable sur les « Serrer-la-main ». Peut-être que jamais on ne me le demandera parce qu'il est des souvenirs qu'il vaut mieux oublier. Mais oublier ces événements, c'est oublier mon enfance et même une grande partie de mon adolescence. Et je n'y tiens pas.

« Sorodats » c'était le nom donné aux partisans du mouvement mahorais pour le maintien de Maoré au sein de la République française. Avec leurs slogans politiques tels que « Défense des intérêts de Mayotte », ou encore « Nous voulons rester Français pour être libres », ces « Sorodats » étaient largement majoritaires dans l'île et, de fait, possédaient le monopole de la diriger comme ils l'entendaient. Profitant de leur influence et de l'anarchie qui régnait alors dans l'île, ils torturaient leurs adversaires -je devrais dire leurs ennemis, et le mot n'est pas assez fort- sans que ces derniers pussent lever le petit doigt. Quant aux « Serrer-la-main », c'étaient de farouches opposants de la sécession de Maoré. Largement minoritaires, ces « Serrer-la-main » étaient constamment en danger de payer tribut à la nature ; pour sauvegarder leur vie, ils n'avaient d'autre échappatoire que de savoir rester la bouche close. « Quoi, toi, caca de « serrer-la-main », un nul, un zéro, un rien, tu oses m'adresser la parole et me regarder droit dans les yeux, moi grand chef, patron de l'île ? Fourre-toi bien ceci dans ta sale caboche de traître : le bout de bois a beau rester dans le marigot, jamais il ne deviendra anguille ». Ainsi était le langage des « Sorodats ».

Par un de ces rares beaux jours de la saison des pluies, je reçus mon baptême du feu : en plein milieu du cours, mon instituteur, qui s'était absenté un petit moment, entra brusquement dans la classe et sans mot dire se mit à ranger ses affaires en tremblotant. Narquois, nous nous demandions tous ce qui se passait, non sans amusement. Sa femme venait-elle de mettre au monde un joli petit démon ? Avait-il appris un décès dans sa famille ? Avait-on annoncé qu'un cyclone s'approchait de l'île ? Toutes ces questions se bousculaient dans ma tête. Instinctivement, une idée brumeuse me vint à l'esprit, mais je la chassai aussitôt car je la trouvai déplacée : je savais que mon instituteur était un « serrer-la-main » notoire et je pensais que, peut-être, il avait appris un soulèvement quelque part, toujours ces histoires sur les « sorodats » qui voulaient réduire en bouillie les « serrer-la-main » ; mais jusqu'à ce jour tout avait l'air calme. Ayant rejeté cette éventualité, je me demandais ce qui pouvait tant atterrer cet homme si impérieux dans son métier.

— Sauvez-vous, mes enfants, dit-il tout simplement après avoir fini de ranger ses affaires.

— Mais qu'est-ce qui se passe, maître ? hasarda un élève.

— Les « sorodats » de Bouéni viennent massacrer les « serrer-la-main » de M'zoisia, nous résuma-t-il la situation.

A ces mots il se dirigea précipitamment vers une des fenêtres de la salle, l'ouvrit et disparut dans la forêt. Je ne compris le danger qui me menaçait que lorsque j'entendis au dehors des « yooouuuhhhiii » lancés à mon maître. Affolé, je ramassai maladroitement mes affaires et m'en fus en courant vers les miens.

Ma mère était une « serrer-la-main » ; de fait, ses enfants étaient considérés comme tels.

Chez moi je trouvai ma mère en larmes. Elle avait appris la nouvelle trop tard pour venir me chercher à temps et me croyait emporté par le vent de la haine qui venait de s'abattre sur le village. Je demandai à ma mère ce qui se passait, elle me donna la même réponse que mon instituteur.

« Et il paraît qu'ils se sont armés de chaînes, de barres de fer, de coupe-coupe et de bâtons d'oranger pleins de piquants », ajouta-t-elle.

— Mais nous n'avons rien fait de mal, dis-je innocemment.

De loin, des cris s'élevèrent. Calmée, ou plutôt essayant de garder son calme, ma mère nous regarda et dit :

« Vous savez, j'ai tort de miser pour le perdant, mais ce qui est fait est fait ; maintenant nous allons devoir payer le prix de mon erreur. Ce qui me chagrine dans tout ce cauchemar, c'est de vous y avoir traînés, qu'Allah me pardonne ».

Nous ne dîmes rien ; aucun de nous n'avait envie de parler. Nous nous sentions plus ou moins en sécurité dans notre maison, mais sachant que la menace flottait là, quelque part au dehors, ma mère jugea prudent de partir.

— Filons vite d'ici, ordonna-t-elle.

Des souris s'amusaient paisiblement au-dessus de nos têtes. Le moindre bruit faisait dresser mes cheveux.

— Nous allons où ? demanda ma sœur, effrayée par cette idée de partir.

Nous vivions dans la peur, craignant d'un instant à l'autre une attaque meurtrière. Je commençai à pleurer.

— Nous n'avons aucune chance de sortir sans être vus, dit mon frère, pessimiste.

— J'ai pourtant réussi à passer inaperçu, fis-je entre deux hoquets.

— Tu es petit et puis tu étais tout seul, me fit remarquer ma sœur.

— Elle a raison, intervint ma mère ; mais la chance est avec nous pour une fois. Nous ne sommes pas loin de la forêt des cocotiers, nous pourrons donc nous y glisser sans trop de problèmes.

Les yeux aux aguets, nous tentâmes notre chance. Si seulement nous avions le choix ! Les quelques mètres qui séparaient notre maison de la forêt me parurent des kilomètres et des kilomètres. Je pleurais toujours, mais la présence de ma mère, de mon frère et de ma sœur me rassurait, malgré tout. Nous gagnâmes effectivement la forêt sans la moindre difficulté. Les moustiques, maîtres des lieux, semblaient apprécier notre intrusion dans leur royaume car pour une fois nous ne pouvions allumer un feu pour les mettre hors de notre portée.

— A présent, nous sommes en sécurité, nous rassura ma mère.

— Oui, mais durant combien de temps devons-nous supporter les piqûres de ces bestioles infernales ? se lamenta ma sœur.

— Toujours aussi optimiste, toi, tu préfères peut-être les piquants d'oranger ? plaisanta ma mère, essayant de détendre le climat.

— En tout cas, il vaut mieux être piqué par ces moustiques que de tomber entre les mains de ces putains de maniaques, pesta mon frère.

De notre refuge nous pouvions entendre les cris des bourreaux. J'imaginais le sort de ceux qui, sciemment ou inconsciemment, se trouvaient au village - je veux parler des « serrer-la-main » ; et je dis doucement, comme pour moi-même : « finalement, nous avons eu de la chance, surtout moi ». Personne ne dit rien. Pas loin de nous, quelque chose bougea. Paralysés, nous nous recroquevillâmes sur nous-mêmes. « Notre heure est arrivée », pensai-je, nous imaginant déjà battus et laissés là pour morts. La chose s'approcha et ne tarda pas à devenir visible : ce n'était qu'un vieillard sourd, grand voleur de noix de coco. Ouf ! Nous reprîmes nos souffles, les visages dégoulinant de sueur.

— Je préfère que ce soit lui plutôt que quelqu'un d'autre, dit ma mère en poussant un grand soupir.

— Et moi donc ! fit ma sœur.

— Mais il doit sûrement être en train de chaparder nos noix de coco, dis-je stupidement. Ma mère feignit de ne pas m'entendre.

— Qu'est-ce que tu fais dans les parages ? demanda-t-elle au vieillard.

— Aaaah ? fit celui-ci, sa main mise de biais sur son oreille droite.

— Tu sais ce qui se passe au village en ce moment ? insista ma mère.

— Non, je vais au village, mais pas maintenant, répondit le vieillard.

Ma mère se tut, persuadée de la futilité de la conversation. Et puis ce n'était pas le moment d'attirer l'attention sur nous. Qui sait ? Peut-être qu'un « sorodat » rôdait par là. Le vieillard resta quelques minutes avec nous, mais voyant que tout le monde l'ignorait, il s'en fut derrière les buissons et disparut. Je songeai à présent à ce que nous avait dit ma mère juste avant de quitter notre maison : « j'ai eu tort de miser pour le perdant, mais ce qui est fait est fait ; maintenant nous allons devoir payer le prix de mon erreur. Ce qui me chagrine dans tout ce cauchemar, c'est de vous y avoir traînés, qu'Allah me pardonne ». Et peu à peu je saisis le vrai sens de son aveu. Ma mère nous avait raconté pourquoi elle s'était convertie en « serrer-la-main », mais je l'avais oublié.

Maintenant que je me trouvais englouti par cette forêt de cocotiers, toute la peur du monde pesant sur mon être, cela me revint brusquement : au début de toutes ces querelles politiques, ma mère était « sorodat », inactive bien sûr. Puis un jour vint où un homme, une figure importante dans l'enseignement, se présenta chez nous et dit à ma mère que si elle ne changeait pas de camp, cela pourrait avoir des conséquences sur la scolarité de son fils, mon grand frère qui était alors au lycée à Moroni. Ma mère avait bien entendu compris que ce n'était là que pur chantage, mais ignorant tout sur les prérogatives dont jouissait cet homme, elle voyait déjà la scolarité de son fils aller à vau-l'eau. Alors, que faire ? Accepter de se convertir, c'était pour elle se pousser au suicide ; refuser, c'était saborder les études de son fils. Après mûres réflexions, elle se dit qu'il n'était pas question de gâcher l'avenir de son fils. Aussi préféra-t-elle s'engager dans ce parti, non pas qu'elle y trouvât un intérêt quelconque, mais uniquement pour le salut de son fils. La politique n'avait aucune signification pour elle et si, au départ, elle se trouvait dans le camp des « leaders », c'était parce qu'« il est prudent de suivre la masse », comme elle avait l'habitude de dire. Et dans un sens, c'est précisément parce que la politique ne signifiait rien pour elle que cet homme éhonté n'eut pas la moindre peine à la convaincre. Et cet après-midi nous subissions le sort de ceux qui, comme nous, avaient volontairement ou non misé sur le perdant.

Les piqûres des moustiques ainsi que la chaleur allaient augmentant. Par intermittence, un vent léger adoucissait l'atmosphère mais aussi, par des cris interposés, nous apportait le message du terrible carnage qui triomphait au village. Autour de nous rien ne bougeait, hormis ces lézards qui, comme à l'accoutumée, courent inlassablement après leurs proies. Combien de temps allions-nous encore rester dans cet enfer ? Qu'allait-il nous arriver sitôt que nous retournerions au village ? Combien de victimes avaient fait les bourreaux de Bouéni ? Attendaient-ils le retour de ceux qui avaient pris la fuite ? Toutes ces questions sordides s'embrouillaient dans ma tête. Et toujours ce silence mortuaire autour de nous !

A la nuit tombante, nous rentrâmes subrepticement au village. Ce fut dans une colère bleue que nous constatâmes l'état dans lequel les bourreaux avaient laissé notre maison : ayant pillé tout ce qui pouvait leur être utile, ils avaient cassé et déchiré tout le reste. C'est juste s'ils n'avaient pas démoli la maison. Sidéré, je me croyais dans un rêve, refusant d'admettre la réalité. Je ne pouvais comprendre pourquoi ces gens nous voulaient du mal. Je ne pouvais comprendre pourquoi ces gens étaient si méchants avec nous. Et je ne pouvais tout simplement pas comprendre pourquoi ces gens avaient saccagé nos maigres biens. Je pleurais abondamment. Ma mère, apparemment imperturbable, ne put supporter longtemps mes braillements.

— Ce ne sont pas tes pleurs qui vont nous rendre ce que nous venons de perdre, me cria-t-elle. Puis, peut-être pour dissimuler sa peur et sa peine, elle s'en fut prendre des nouvelles de sa sœur, qui habitait juste à côté de chez nous ; elle aussi était « serrer-la-main ».

A son retour, ma mère resta un moment silencieuse, absente ; puis comme pour elle-même, elle dit :

— Ils ont failli le tuer...

— Hein, qui ? demanda ma sœur.

— Jamais plus... jamais plus il ne pourra recouvrer la raison avec ce coup qu'il a reçu en plein crâne, continua ma mère.

— Mais de qui s'agit-il, maman ? demandai-je timidement.

— Dieu nous vengera, dit ma mère en guise de conclusion, sans se préoccuper de nos « qui ».

Dehors, une horde anonyme de galopins piaillaient, poussaient des « yooouuuhhhiii » sitôt qu'ils apercevaient un « serrer-la-main », quand bien même ce dernier aurait l'âge de leurs parents.

— Tonton Ardnoub, dit finalement ma mère, nous laissant dans une perplexité totale.

— Quoi ? Et comment c'est arrivé ? s'inquiéta ma sœur ; je croyais que...

— Non, la coupa ma mère, il ne s'était pas enfui ; on vient de tout me raconter.

Oncle Ardnoub était le mari de la plus grande des sœurs de ma mère. C'était un homme au visage austère, mais qui aimait beaucoup plaisanter avec les jeunes. De nature têtue, il avait décidé ce jour-là de faire face à l'embuscade, estimant n'avoir rien à se reprocher. Il croyait que s'il se montrait pacifique, personne ne le toucherait et, tranquille dans sa case, il tressait des cordes pour ses chèvres comme si de rien n'était, sans même fermer sa porte. Selon toute apparence, il ignorait de quoi étaient capables les énergumènes avec qui il avait affaire.

Après avoir visité les maisons des « traîtres », pillant, cassant, déchirant tout si les maîtres de la maison avaient eu le temps de prendre la tangente, la troupe des bourreaux avait fait une entrée fracassante chez tonton Ardnoub. Ce dernier, calme et imperturbable, continuait sa manœuvre quand soudain deux bras criminels le traînèrent dans la cour et l'assommèrent. Le sang gicla comme la pisse d'une vache en chaleur. L'agresseur, pris de panique, partit se réfugier à la plage, croyant avoir tué hic et nunc sa victime ; il n'eut plus le courage de continuer la chasse aux « traîtres ». Quant aux autres bourreaux, ce à quoi ils venaient d'assister n'était qu'un spectacle ordinaire, tout ce qu'il y avait de normal. Quoi de plus noble que de punir ceux qui allaient à l'encontre des intérêts de l'île !

— Que ça lui serve de leçon, cria quelqu'un dans la bande.

— Comment ça, que ça lui serve de leçon ? Nous sommes ici pour leur faire peur et non pour tuer qui que ce soit, répliqua un autre.

— Eh les gars, intervint un troisième homme, ce n'est pas le moment de se chamailler entre nous ; il reste trop à faire. Ce traître n'a eu que ce qu'il méritait, à son réveil il saura mieux où est son intérêt.

Tonton Ardnoub avait perdu connaissance, son corps gisait par terre, roide, inerte. Personne n'était là pour prendre soin de lui, si ce n'était cette poule qui, escortée par ses poussins, becquetait autour de lui. La horde sauvage était passée par là !

Quelques heures plus tard, il revint d'un évanouissement qui faillit lui être fatal, tellement il perdait son sang. Son premier réflexe fut de se bander la tête pour éviter une éventuelle hémorragie cérébrale ; un morceau de son boubou lui servit de pansement. Après quoi il s'arc-bouta sur les genoux pour se relever et regagner sa maison ; il se mit ensuite à rassembler quelques affaires, et prit le chemin qui devait le mener vers son village natal, à quelques kilomètres de M'zoisia. A mi-chemin, entre Caroni et Hatsimkoura, à bout de forces, il tomba en syncope, au beau milieu des mangroves. Le soleil avait presque atteint la fin de son parcours. Des paysans l'ont trouvé là, à demi-mort, délirant ; ils l'ont ramené chez lui.

Le soir, lorsque ma mère partit prendre des nouvelles de sa sœur, tonton Ardnoub était toujours dans le coma. Il fut sérieusement soigné par sa famille, des semaines durant. Longtemps on a cru qu'il allait devenir dément, tellement la blessure était grave. Avec le temps, la plaie se referma, et il guérit ; mais la cicatrice est toujours là...

Le lendemain, pendant que ma grande sœur préparait le dîner, un exalté se mit à pester devant notre maison : déçu de n'avoir pas pu assister à la « fête » de la veille, il s'en prenait à nous. Tel un roquet, il était là à cracher des obscénités, à brandir son grand « pidja » (un genre de coupe-coupe), comme s'il voulait couper l'air, sans pour autant s'aventurer dans notre cour. Nous ne disions rien. Que pouvions-nous dire ? Qu'avions-nous à dire ? Après nous avoir insultés tout son content, l'exalté s'en alla, laissant derrière lui les visages hilares de ceux qui assistaient à la scène. Dans l'assistance, nombreux étaient visiblement ceux qui espéraient voir une agression plutôt que de simples insultes. Nous gardions les têtes baissées, mais nous n'avions même pas honte ; nous avions plutôt peur. Oui, c'est cela, nous avions peur car une agression pouvait à tout moment s'abattre sur nous.

Quelques instants après l'incident, un jeune garçon se fraya un chemin à travers les feuilles de cocotier qui nous servaient de clôture pour notre cuisine et jeta du sable dans la sauce que ma sœur venait juste de préparer.

— Il n'y avait pas assez de sel, dit le garnement en rigolant.

Ma mère le regarda, nous le regardâmes tous un bon moment. Je jetai un coup d'œil désespéré sur ma mère, et j'ai pu lire dans ses yeux une colère, une haine sans mesure. Et puis, je ne sais pour quelle raison, je crus que ma mère allait éclater de rire ; mais elle hocha tout simplement la tête et nous ordonna d'entrer dans la maison, en attendant que l'orage passe. Il m'était impossible de saisir le sens de toutes ces tracasseries -si tant est qu'elles eurent un sens. Ce que je savais -encore que je ne comprisse pas pourquoi- c'est que tout « serrer-la-main » était mis en quarantaine. Mais je ne m'inquiétais pas pour ça car j'étais convaincu qu'un « sorodat », à tout point de vue -à part bien sûr la férocité et le cynisme, qualités dont se vantaient les « sorodats »-, ne valait guère mieux qu'un « serrer-la-main ». C'est pourquoi je ne pouvais accepter d'encaisser insultes, humiliation, vol, viol, et tout ce qui s'ensuivait, sans pouvoir broncher.

Chaque fois que je demandais des explications sur ce sujet à ma mère, elle me répondait que je ne pouvais pas comprendre. Calfeutré dans notre maison, je me disais qu'un jour, lorsque je serai grand, je rendrai à nos agresseurs la monnaie de leurs pièces, que je ne me laisserai pas faire, et je me mis à rêver : je me voyais grand leader politique, toute l'île m'était dévouée ; certains de mes conseillers, vindicatifs, me recommandaient de lyncher tous ceux qui furent jadis nos traqueurs et d'expulser tous ceux qui étaient derrière eux. Mais en sage, je répondais : « Inutile de garder en nous tout sentiment de haine et de rancune, mes frères, ce serait nous rabaisser au plus bas, comme ils le furent, eux ; il nous faut leur prouver que nous sommes mille fois mieux que ce qu'ils pensaient, que nous sommes mille fois plus capables qu'eux de diriger notre patrie, et sans être manipulés ; oui, il nous faut leur montrer le bon exemple. Quant aux marionnettistes, nous ne les expulserons pas, qu'ils restent s'ils le souhaitent ; mais nous leur ferons comprendre qu'ils sont assis à notre table et que ce sera à nous de décider quand nous commencerons à manger et comment nous devons manger ». Je parlais tout en gesticulant nerveusement. Une fois mon mini-discours fini, l'assistance applaudit longuement en scandant mon nom.

— Abdou, tu as sommeil ? me demanda ma mère.

— Hein ? fis-je, tout abruti ; oui... euh non... je suis un peu fatigué, c'est tout.

— Viens manger, dit-elle laconiquement.

Entre temps, ma sœur avait préparé à la va-vite une sauce froide.

— Non, je n'ai pas bien faim, dis-je.

— Tiens donc, ça n'arrive pas souvent, ça.

Je ne dis rien. Je ne boudais pas, je n'étais tout simplement pas d'humeur à dire quoi que ce soit. Je ne pouvais avaler le coup du sable dans la sauce. Je commençais peu à peu à saisir certains aspects de notre situation, et je me dis que des coups comme celui-là, il y en aura certainement beaucoup d'autres encore, tant que nous resterions « serrer-la-main ». J'en avais déjà assez de cette vie là. J'en avais assez de devoir vivre perpétuellement dans l'affront, la peur, l'angoisse. Je n'en voulais pas à ma mère, je ne la tenais d'ailleurs même pas pour responsable de notre miséreuse vie. Je voulais seulement que justice fût faite.

Le temps passait lentement. Les jours vécus, les paroles, les mots, les actes, les espoirs, se fondaient peu à peu dans la magie, cette science occulte et crainte qui codifiait mon existence, cette science sibylline qui paraissait maîtresse de toutes les situations imaginables.

Si je marchais involontairement sur une crotte, cela me porterait bonheur.

Si je cognais mon pied sur un objet, c'est que quelqu'un dit du bien de moi.

S'il pleuvait en même temps que le soleil brille, c'est que le Diable procède à la circoncision de ses enfants.

Si je malmenais mes parents, je brûlerais éternellement dans les flammes de l'enfer.

Si je me baladais tout seul au beau milieu de la nuit au bord de la mer, je serais possédé par le Diable.

Si je séchais l'école coranique, Dieu me punirait.

Si le tonnerre gronde, c'est parce que les mauvais anges ont commis une erreur qui a provoqué la colère de Dieu.

Si je voyais dans le ciel le trait de lumière d'une étoile filante, c'est parce que les anges essaient de détruire le grand Satan qui les espionnait.

Si un chien aboie lugubrement et avec insistance, c'est qu'un malheur est imminent.

Si je porte constamment un gris gris, jamais un mauvais esprit ne pourra faire main basse sur moi.

Si j'étais frappé par une injustice, inutile de comprendre : c'était déjà écrit dans le grand Cahier là-haut.

Si un arc-en-ciel se dessinait dans le ciel et se perdait à l'horizon, c'est que les pécheurs, qui brûlaient en Enfer, étaient autorisés à se désaltérer.

Si je marchais sur des restes de repas, j'attraperais une épouvantable éléphantiasis.

Si je m'asseyais sur le Coran, je deviendrais hernieux.

Si je jouais à la guitare, je commettrais un péché parce que c'est un instrument satanique.

Si la Ka'aba est si noire, c'est parce que les gens sur terre commettent tellement de péchés.

Certaines choses me paraissaient abracadabrantes, pourtant j'y croyais dur comme fer. Je croyais au mythe du miracle que pouvait effectuer la magie, et cela m'aidait à nourrir l'espoir de nous voir gracier tôt ou tard, puisque nous ne pouvions, semblait-il, compter sur la Justice pour nous sortir de là.

Une semaine plus tard, ma mère nous annonça qu'elle venait de demander la réconciliation au chef de village. D'habitude, ce dernier exigeait comme tribut un grand bœuf et quelques sacs de riz pour fêter cette sage décision ; mais parce que nous n'étions qu'une pauvre famille, nous devions faire don d'une chèvre et d'un sac de riz, seulement.

Ma mère avait jugé bon de demander la réconciliation, seulement pour avoir la paix, mais elle dut souffrir de sa décision car demander la réconciliation signifiait pour elle reconnaître son humilité, souiller son amour-propre.

Le soir même de la requête de ma mère, le chef de village réunit tous les « sorodats » du village ainsi que les « serrer-la-main » affranchis, pour annoncer la nouvelle. Après avoir honoré la volonté de ma mère de vouloir se rallier à eux et rappelé qu'il n'y avait qu'avec eux que l'on pouvait vivre en paix, le chef présenta ma mère à l'assistance, laquelle applaudit ironiquement. Il montra ensuite le prix de la réconciliation, une montagne de cris s'éleva et quelqu'un grinça dans la foule : « et une famille de plus, elles y passeront toutes ! ».

Ce jour-là je compris. Je compris que le monde dans lequel nous vivions était guidé par les forces du mal. Le méchant loup triomphait toujours ; l'agneau, pour son salut, devait s'effacer. Je compris que la Force était à la fois tout et rien : tout parce qu'elle était maître de situation, donnait droit à tout ; et rien parce qu'elle montrait des faiblesses dès lors qu'elle opprimait toujours le pauvre malheureux sans défense. Je compris que la soif du pouvoir absolu transmutait le cœur de ces pauvres gens en véritable côte. Je compris que la rédemption du petit passait d'abord par la reconnaissance de son humilité devant le grand, le reste n'étant que simples formalités.

Je m'étais cramponné aux jambes de ma mère. Cette scène me donna la nausée ; j'eus l'impression que nous venions de nous prostituer. Ne s'agit-il pas de cela, en fait ? Cependant, un sentiment de soulagement naquit en moi car, dorénavant, nous pourrions mener une vie normale. Mais en même temps, je ne pouvais oublier en si peu de temps l'affront subi depuis des années. Et durant toute la semaine qui suivit notre « prostitution », j'étais maussade, agressif et très observateur ; j'étais en proie à une sorte de morosité inexplicable. La moindre réflexion des garnements de mon âge sur moi me faisait replier sur moi-même. Jamais je n'ai pu m'adapter à cette nouvelle vie de « chef » ; et pour tout dire, j'enviais tous ceux qui avaient eu les nerfs assez forts pour vivre jusqu'au bout dans les ténèbres. Car au moins, une fois la lumière revenue, ils sont sortis la tête haute. Nous étions rejetés par les deux partis : d'un côté, nous étions des traîtres, des faiblards, des lèche-pieds ; de l'autre, nous ne valions pas plus d'un sou. Notre présence était fantomatique, personne ne faisait attention à nous.

Durant toute cette semaine, je ne me rendis pas à l'école ; j'avais pris un peu de retard, mais mes études n'en souffrirent pas pour autant. Ma mère décela cependant chez moi un certain laisser-aller. Ma passion, ma fierté de me rendre tous les matins à l'école s'étaient brusquement éteintes. Je ne tenais plus au courant ma mère, après la classe, de ce que l'instituteur nous avait appris. Je devenais distant. Aussi ma mère se résolut-elle à m'infliger une surveillance drastique et contraignante toute ma scolarité durant. Elle m'obligeait à étudier mes leçons tous les soirs, faute de quoi mon dos, mes côtes, mes fesses, en souffriraient. Ordre m'était donné de rester devant mes cahiers quatre heures durant ; et s'il me fallait aller quelque part, c'était toujours en compagnie de ma mère. J'essayai de m'adapter à ce nouvel emploi du temps, mais en vain. Le pire c'est qu'une fois devant mes cahiers, je m'abondonnais involontairement au sommeil. Je ne pouvais aucunement faire croire à ma mère que si je somnolais ainsi, c'était parce que j'avais assez travaillé et que j'étais fatigué ; elle voyait bien que je venais à peine de me mettre au travail. Je commençais à me demander si je n'avais pas attrapé la trypanosomiase. Pour rester éveillé, je me voyais obligé d'enrichir mes relations épistolaires, puisque je n'avais nullement envie de travailler. Ma mère ne pouvait pas savoir ce que je faisais, étant illettrée. Et le fait que je restasse à la maison, à gribouiller quelque chose dans mes cahiers, la satisfaisait. Et ici se justifiait la philosophie selon laquelle d'un mal sort toujours un bien : cette combine me permettait de faire de nets progrès en français. Mais il arrivait des moments où, n'en pouvant mais, j'inventais toutes sortes de prétextes pour avoir cette liberté qui, à mes yeux, était réservée à ceux qui ne fréquentaient pas l'école, c'est-à-dire la liberté de s'amuser comme on voulait, avec qui on voulait et quand on voulait.

CHAPITRE IV

Les journées passaient. Toujours la solitude, la monotonie, l'ennui. L'école coranique, l'école française, la campagne les samedis et dimanches. Des heures entières à passer devant mes cahiers, et toujours la surveillance désobligeante de ma mère. Un soir, alors que je m'apprêtais à effectuer machinalement mes heures d'étude, un voisin nous avertit qu'on venait de signaler un cyclone en direction de l'île. Ah, « Dharouba » (cyclone), quelle angoisse, quelle terreur !

Toute la journée, le temps avait été maussade. Par intermittence, il avait plu à petites gouttes. Dans les cases les vieux sages avaient palabré des heures durant ; les femmes, comme de coutume, n'avaient cessé de faire des va-et-vient, s'occupant de tout et de rien.

Maoré, bien qu'un peu éloignée de la route normale des cyclones, était parfois touchée par ce fléau.

Ce soir, me dis-je tout content, je n'étudierais pas mes leçons. J'ignorais jusqu'aux détails les dégâts que pouvait faire une telle calamité, malheureusement pas pour longtemps. M'zoisia était tombé brusquement dans le noir. Le vent se faisait de plus en plus pressant, la pluie devenait plus agressive, les tonnerres commençaient à gronder, et... et... ces redoutables éclairs, toujours prélude à la foudre.

Comme notre case datait de quelques lunes, nous devions déplacer dans tous les sens les lits, dans l'espoir de trouver un coin où les postillons, projetés par la pluie et traversant la toiture, ne nous dérangeraient pas dans notre intimité. Nous, les enfants, ayant pour lit le sol et pour matelas une natte, nous nous réfugiâmes sous les lits. Il faisait froid. Je m'étais recroquevillé sur moi-même sous une table, les genoux sous le menton, les talons collés aux fesses. Il était environ dix-neuf heures, et on n'entendait plus les cris habituels des bambins qui, après le souper, se précipitaient pour aller satisfaire leurs besoins quotidiens à la plage. Ici, quelques chèvres béguetaient ; là, des moutons bêlaient pour demander de l'aide ; et à quelques pas du village un âne se plaignait du froid et de la violence du vent, à en juger par ses braiements longs et persistants.

N'ayant pas confiance en la solidité de notre case, ma mère estima prudent de chercher refuge ailleurs. Nous nous rendions chez l'une de mes tantes quand, portant sur le dos ma petite sœur âgée alors de quatre ans, ma mère se tordit la cheville.

— Aïe, mon Dieu ! se lamenta-t-elle.

— Qu'est-ce qu'il y a, maman ? demanda ma grande sœur.

— Je me suis fait mal à la cheville.

— Je peux faire quelque chose ? demandai-je sans conviction.

— Non, fais plutôt attention où tu mets les pieds, dit simplement ma mère. Sous la pluie et dans le noir, ce fut la panique générale. Tant bien que mal, ma mère fit un effort et nous arrivâmes à destination.

La maison de ma tante, construite avec du raphia, n'était pas spécialement solide, mais se trouvait à l'abri du vent. Elle était composée de deux pièces, dans lesquelles tout était accumulé : matelas bourrés de kapoks, lits de fortune, tables, chaises, valises en bois, nattes, passoires, pilons, mortiers, assiettes, marmites. Le maître de céans nous accueillit chaleureusement. Notre premier réflexe fut d'installer confortablement ma mère qui, en dépit de sa blessure, s'inquiétait pour nous. Ce fut un grand remue-ménage pour nous faire tous une petite place. Une fois le calme revenu, mon oncle alluma son vieux transistor pour suivre l'évolution du temps.

Le vent poursuivait son monologue. Chaque fois qu'il s'abattait avec force sur la toiture de notre refuge, les feuilles s'entrechoquaient frénétiquement et une pluie d'excréments de souris nous tombait dessus. Le tonnerre grondait sourdement, régulièrement. La foudre tombait, précédée à chaque fois de longs éclairs. Quelle saison que cette saison des pluies !

Allongée sur un matelas, ma mère me semblait bien souffrante, mais elle honorait tant et si bien le nom du Tout-Puissant que je la crus insensible à sa douleur. Je la regardai et me demandai ce qu'elle pouvait bien dire dans ce monologue discret. Pendant ce temps ma tante somnolait dans son coin, sursautant à chaque grondement de tonnerre. Dehors, pluie, vent, tonnerre, éclairs, foudre, déliraient. Mon oncle, l'oreille collée à son transistor crachotant, avait du mal à capter Radio-Comores. Au bout d'un long moment, il parvint enfin à régler l'appareil. Ce que nous entendîmes en premier fut une sorte de musique lancinante, sans rythme, coupée sporadiquement par de longs silences : la musique classique qu'on l'appelait. On la mettait souvent chaque fois que les présentateurs n'avaient rien à dire aux auditeurs, ou encore lorsqu'ils attendaient l'heure des informations. Mon oncle faisait les cent pas dans la case en pestant : « Putain... Nom de Dieu... Pourquoi ce silence et cette musique de sauvage ? »

Tard dans la nuit, le speaker éclaircit enfin la situation : « Mesdames, mesdemoiselles, messieurs, chers compatriotes, c'est avec un soulagement inexprimable que je vous annonce la déviation du danger dont nous avons failli être les victimes... », commença-t-il. Mon oncle courut vers l'appareil, voulut le prendre dans ses mains, mais eut peur de le dérégler. Il se mit à genoux et fixa l'appareil comme s'il voulait voir celui qui parlait. « vous n'avez... nous n'avons plus rien à craindre maintenant, continua le speaker. Le cyclone s'est bien éloigné et se dirige malheureusement vers Madagascar. Nous vous conseillons tout de même de rester en contact avec nous car on ne sait jamais, il peut y avoir des imprévus de dernière minute. »

Nous venions de frôler la catastrophe, et Dieu seul sait quelle catastrophe !

Nous apprîmes le lendemain que cette malédiction tropicale avait frappé nos voisins malgaches. Paralysés par la peur et l'angoisse, nous nous regardâmes. Une lueur de soulagement pouvait se lire sur nos visages exsangues. Ces quelques heures passées dans le suspens et la terreur nous parurent une éternité. Dehors, on entendait déjà des « Allahou Akbar » -Dieu est grand-, une grandeur que les malgaches devaient sûrement percevoir d'une autre façon que nous.

Bien qu'ignorant à quel point un cyclone pouvait être terrifiant, je ne pus être indifférent.

— C'est vrai, maman, que le cyclone ne viendra plus ? demandai-je niaisement.

— Allah Ya Anlam -Dieu seul sait-, me répondit-elle négligemment.

Sentant qu'il était impossible d'avoir de sérieuses explications, je me contentai de cette laconique réponse. Nous passâmes le reste de la nuit sur place.

Le lendemain matin, je partis à la campagne avec ma grande sœur pour inspecter les lieux, chasser les oiseaux qui déterraient les semences, lapider les makis qui, arbre après arbre, ravageaient les fruits. Pour déloger les animaux invisibles, ou plutôt ceux hors de notre portée, ma sœur se mettait à pousser des cris ; et pour mieux amplifier sa petite voix féminine, elle posait verticalement ses mains sur le coin de sa bouche. De temps à autre, elle lançait des cailloux qui retombaient deux mètres plus loin. Au bout de trois ou quatre fois, ses muscles lui faisaient mal. Et à moi de la taquiner.

— Les filles ne sont pas faites pour ça, lui dis-je.

Comme réponse, elle me lança un regard pas vraiment méchant, mais pas courtois non plus. Je me souciai peu de ce que pouvait signifier un tel regard, mais je n'osai cependant pas « pousser trop loin le bouchon ». Une fois, j'essayai de toucher un oiseau avec ma fronde, mais en vain.

— Ces engins ne sont pas faits pour des gens stupides comme toi, me lança-t-elle.

— De toute façon, un homme maladroit vaut mieux qu'une femme adroite, et encore je suis sympa là ! fis-je, gonflé par la légendaire supériorité des hommes. Et tant que les poules n'auront pas de dents, les choses resteront ainsi, continuai-je.

— Bwé ! Tu te prends pour un homme ? Toi qui as peur de sortir seul la nuit, ne serait-ce que pour aller aux toilettes !

Pour m'offenser, ma sœur me disait toujours cela ; mais il fallait plus que ça pour espérer m'atteindre dans mon orgueil.

— La nature a voulu que vous soyez toujours inférieures à nous autres, hommes ; en tant que femme, tu es donc inférieure à moi, continuai-je de plus belle.

— Saleté de gosse ! Tu es têtu comme une mule. Va voir ce qui se passe de l'autre côté du champs, là-bas, si tu n'as pas peur d'y aller tout seul, persifla-t-elle.

Et j'avais peur. Mais avec ce que je venais de dire, il n'était pas question de le montrer. Je m'en fus donc au lieu dit. Chaque fois qu'un lézard ou n'importe quelle autre bestiole bougeait à côté de moi, mes cheveux se hérissaient. Après quelques mètres, je me retournai pour m'assurer que ma sœur ne me surveillait pas. Non ! Elle avait autre chose à faire. Je me cachai alors derrière un manguier, impossible d'aller plus loin. Quelques minutes plus tard, je m'en fus vers elle, serein.

— Tout va bien, à part quelques bananiers déracinés, risquai-je.

— Tu as été bien vite, me dit-elle, tout en se battant pour essayer de mettre debout un tout petit cocotier malmené par le vent.

— ... Oui... Tu sais, j'ai eu peur pour maman hier soir, dis-je pour dévier la conversation.

— Ah ! Oui ? N'empêche que tu avais l'air de te foutre de tout ce qui se passait autour de toi ; tu n'as fait que dormir.

— Aaaaah ! Ça, ce n'est pas vrai ; j'ai même demandé à maman si le cyclone ne se dirigeait vraiment plus vers nous.

— Ahan ! Et qu'est-ce qu'elle t'a dit ?

— Rien, enfin presque rien, quoi !

— Tu ne mérites pas mieux.

— Suis-je niais à ce point ?

— Pire ! Car dire que tu es niais, c'est là insulter la niaiserie ! Tu es... Voyons... Bête, voilà ! Et encore, je suis sympa là.

Et elle s'esclaffa.

Nous passâmes presque toute la matinée tantôt à nous taquiner -ce qui fut souvent le cas-, tantôt à penser au vrai motif de notre présence en ce lieu. N'était la faim qui commençait à prendre d'assaut mon estomac, je ne me serais pas rendu compte que le soleil avait déjà fait la moitié de son parcours. La chaleur devenait de plus en plus pénible à supporter. Tout avait l'air calme. Même les oiseaux, habituels compagnons de la paisible solitude campagnarde, s'étaient retirés dans leurs nids.

Le silence n'était interrompu que par la stridulation accoutumée des cri-cris. Quelquefois, à notre passage, des makis criaillaient en nous fixant de leurs yeux rouge sang, comme s'ils se moquaient de nous. A la position du soleil, qui nous servait de montre avec comme aiguilles notre ombre, nous estimâmes qu'il devait être pas loin de midi.

Avant de rentrer au village, nous prîmes soin de suspendre çà et là quelques haillons sur des arbustes.

— Comme ça, les animaux auront toujours l'impression qu'il y a encore quelqu'un dans les parages, dit ma sœur.

— On les croit bêtes, mais en fait...

— Ils sont plus intelligents que toi, me coupa ma sœur en riant.

Je ne répliquai pas.

— Tout compte fait, il n'y a pas eu trop de dégâts, dit-elle.

— Tu trouves ? Et tous ces bananiers déracinés, ces manguiers agressés, dépouillés de leurs fruits ?

— D'accord, mais je veux dire qu'on s'attendait à pire que ça, comme par exemple voir des cocotiers tombés, des orangers coupés en deux, ou des jacquiers complètement à sec, quoi !

— Après tout, il n'y a pas eu de cyclone, nous n'avons eu que ses pets.

Chacun avec un paquet de fagots sur la tête, nous prîmes le chemin du retour, laissant derrière nous toujours ces cris moqueurs des makis.

Nous venions de passer une belle matinée ! Je songeais déjà au lendemain, non sans une pointe de nostalgie amère.

CHAPITRE V

J'avais perdu tout espoir de pouvoir vivre encore intensément les excitantes soirées au clair de lune. Quand, tombant de sommeil sur ma table de travail, j'écoutais les cris joyeux des garçons de mon âge au dehors, je ne pouvais que maudire l'école, déjà pour moi symbole de mon asservissement. Lorsque je demandais plaintivement à ma mère pourquoi tous mes camarades n'étaient pas sujets à un régime aussi drastique que le mien, elle me répondait négligemment que le cas des autres enfants n'était pas son affaire. Un soir, je décidai de briser les mailles du filet, mon ras-le-bol ayant été plus fort que ma peur d'une correction pour cette rébellion.

Il faisait un très beau clair de lune. Le ciel était pur, serein, parsemé d'étoiles. La lune faisait miroiter les feuilles de cocotiers. Du haut des kapokiers, d'innombrables chiroptères battaient mollement leurs membranes, jetant de temps à autre leurs excréments sur les passants. Un vent léger jouait à travers la toiture de notre case et faillit éteindre notre lampe à pétrole. Comme d'habitude, je somnolais sur ma table de travail quand soudain un hibou, débusqué et poursuivi par une flopée de bambins criards, ulula au-dessus de notre case. Je sursautai et je m'aperçus qu'il était tard : notre réveil affichait vingt-deux heures trente. Laissant échapper un zut !, je me tournai vers ma mère, elle dormait ou tout au moins elle m'en avait tout l'air. Doucement, avec mille précautions, je poussai ma chaise mais celle-ci grinça, et le bruit réveilla ma mère. Je n'étais ni tout à fait debout, ni assis ; surpris dans cette position, je fus obligé de mentir. Non seulement pour justifier ma posture, mais surtout pour me libérer car j'avais rendez-vous avec ma petite bande. Feignant d'ignorer mon intention, ma mère demanda :

— Qu'est-ce que tu es encore en train de mijoter ?

— Je voudrais bien aller à la plage, seulement cela risque de durer longtemps parce que j'ai trop mal au ventre, fis-je ; je crois que c'est à cause de la sauce, elle était trop pimentée, continuai-je.

Les chasseurs du hibou continuaient de plus belle à piailler, des cailloux vinrent s'écraser sur notre toit.

— Bon, je viens avec toi, dit ma mère.

— Non, non, ne t'inquiète pas, refusai-je ; la lune est là, en plus il y a encore beaucoup de monde dehors et nous sommes à quelques pas seulement de la plage.

Après un bref silence, elle dit ironiquement :

— Ah, je croyais que tu avais peur de sortir tout seul tard la nuit à cause des esprits qui rôdent surtout au bord de la mer.

Et c'était vrai. J'avais une frousse moribonde de sortir seul tard la nuit, ne serait-ce que pour aller pisser derrière notre case. Il me fallait toujours une compagnie, mais ce n'était pas pareil ce soir.

— Oui mais... c'est-à-dire que... euh... aïe, je n'en peux plus, criai-je en grimaçant, serrant mes jambes et tenant mon ventre.

Ma mère posa sur moi un regard suspicieux, et moi de continuer ma comédie, sentant que j'allais obtenir gain de cause.

— Eh bien, vas-y, mais reviens vite car sinon M'sémakwéli sifflera encore une fois sur ton dos, me lança-t-elle.

— ...

Te voilà averti, ajouta-t-elle.

— ...

M'sémakwéli était le nom donné à sa chicotte qui, soigneusement gardée, sifflait sur notre corps chaque fois que nous commettions une bêtise. Mais cette fois, M'sémakwéli ou pas, j'avais décidé de partir. Et je sortis.

Mes camarades et moi avions décidé de pique-niquer à côté de la case de Mougoumé, chef de notre groupe. Selon la répartition des tâches, deux d'entre nous devaient aller à la pêche et les trois autres avaient la charge de se procurer des bananes vertes. Comme j'étais réputé non seulement mauvais pêcheur, mais en plus malchanceux, je faisais équipe avec les trois larrons, spécialistes du vol des bananes. Tout était mis en théorie durant la journée et nous devions passer aux actes le soir. Mon rôle me convenait bien, m'enchantait même, car voler des bananes et des pieuvres sèches était devenu mon passe-temps favori, après avoir été un besoin, une nécessité, un rempart contre les assauts de la faim.

Nous nous rendîmes dans un champ de bananes avoisinant pour repérer les meilleurs régimes. Personne ne pouvait nous soupçonner de quelque chose. Nous feignions de chasser les makis, cueillir des mangues, chercher des fagots. Après quoi, nous regagnâmes le village, contents et savourant d'ores et déjà le menu. Pour les poissons, il n'y avait pas de quoi s'inquiéter, la mer n'appartenant à personne ; et puis, les deux volontaires étaient assez bons pêcheurs.

Je savais quant à moi que j'allais avoir toutes les peines du monde à me joindre à mes camarades, tombé comme j'étais sous le joug maternel. Mais je ne pouvais leur avouer mon problème, de peur d'être rayé de la liste. En même temps, je voulais tout leur expliquer. Finalement, je décidai de tout leur dire, une fois tranquille parmi eux le soir. Seulement, comme ma mère jouait au chat et à la souris avec moi lorsque j'étudiais mes leçons, je devais tout faire pour repousser le plus tard possible l'heure du rendez-vous.

— A quelle heure on se retrouve ce soir ? risquai-je.

— Neuf heures, ici, trancha Mougoumé.

— Neuf heures ? Mais c'est trop tôt, protestai-je ; nous n'aurons même pas le temps de digérer ce que nous aurions mangé chez nos parents.

— Tu n'as qu'à bavarder plus et manger moins, juste

pour calmer un peu ta faim et préluder ainsi au régal de ce soir, plaisanta Ila.

— Non mais... vous ne trouvez vraiment pas que c'est trop tôt, neuf heures ? insistai-je ; à cette heure-là la plupart des gens ne pensent même pas à aller se coucher, et si on nous surprenait en train de voler les bananes, vous y avez pensé ?

Il n'y avait vraiment pas de quoi faire un mystère, bien sûr. Il m'arrivait souvent de voler des bananes ou des poulpes séchés en pleine journée sans trop me poser de questions.

— Vous imaginez un peu dans quel pétrin nous voulons nous fourrer, continuai-je.

— On ne nous verra pas, et puis arrête de nous faire peur comme ça, dit Mougoumé, irrité.

— Mais, je ne cherche pas du tout à vous faire peur, pourquoi d'ailleurs le ferais-je ? Seulement voilà... le danger frappe toujours au moment le plus inattendu, dis-je sentencieusement, prenant à mon crédit cette phrase pleine de sagesse que j'avais empruntée à l'un de mes oncles.

— Avoue que t'as peur au lieu de bagouler comme ça, me lança Ila, un garçon têtu. Nous étions de bons copains mais nous nous chamaillions souvent.

— Je n'ai pas peur, je vous assure, fis-je.

— Alors ferme ta gueule, tu commences à nous casser les oreilles avec tes calembredaines, pesta Ila.

— Ne m'insulte pas, espèce de... tocard ; tu...

Pris par une crise de colère, je ne pus terminer ma phrase, je tremblai et je ne vis plus que blanc devant moi. Je m'apprêtais à lui sauter dessus quand Mougoumé intervint.

— Allez, arrêtez tous les deux, dit-il ; à vous entendre on dirait qu'il est question de cocuage entre vous. Nous sommes ici pour rigoler, non pour nous battre ; après tout, peut-être qu'Abdou a raison, avec le clair de lune, même tard dans la nuit, on se croit en pleine journée ; je retarde donc le rendez-vous d'une heure dans l'espoir qu'à dix heures il y aura moins de monde dans les ruelles. Toi, Ila, tu ferais mieux d'aller chercher tes lignes au lieu de faire la tête.

Nous nous excusâmes tous les deux et l'incident fut incontinent oublié. Nous nous séparâmes en bons termes, j'avais presque gagné. Songeur, je rentrai chez moi. Pour la première fois, je me souvenais de cette phrase : « Abdou, demain tu pars à l'école ». Je me rappelai l'effet qu'elle eut sur moi ce jour lointain à la plage : la stupéfaction, l'air infatué que j'avais lorsque j'annonçai à mes petits compagnons de jeu la nouvelle, la nuit pénible que j'avais passée parce que tout excité et impatient de prendre le lendemain le chemin de l'école, et ma sœur qui tenait absolument à ce que je fusse propre et présentable.

Toutes ces pensées venaient se mêler à l'idée qui me tracassait maintenant : ou bien les griffes de M'sémakwéli, ou bien le pique-nique. Mon destin était-il donc ainsi tracé, que je ne puisse m'amuser tout mon content sans payer tribut aux terribles corrections, me demandai-je. L'esprit errant, je marchais comme un automate, écrasant çà et là quelques essaims de fourmis de mes pieds nus. Il me fallait beaucoup réfléchir, mais ma décision était en fait déjà prise. Malgré la sévérité de ma mère, j'étais toujours peu malléable. Et ce jour-là, je devais désobéir pour deux raisons : d'abord parce que j'étouffais dans notre case, ensuite parce que si je restais à la maison le soir, ç'aurait été là la preuve irréfutable que j'avais peur, et donc du coup les allégations calomnieuses d'Ila s'en seraient trouvées vérifiées. Ah ! ça, il n'était pas question de donner l'occasion à ce petit morveux de se moquer de moi.

Lorsque j'eus la permission de sortir ce soir-là, sous la menace de ma mère, je ne pensais qu'à une chose : les marmites qui devaient sûrement chanter sur les foyers, sous l'œil vigilant de ma bande. A peine eus-je quitté la case maternelle que je courus vers le lieu du rendez-vous.

— Tu as failli être en retard, mec, commença Ila.

— Je vais vous expliquer...

— Ne l'écoute pas, me coupa Mougoumé ; va plutôt ajouter un peu de bois dans le feu pour accélérer la cuisson.

A mon arrivée, tout était sur place : poissons, bananes vertes, piments, citrons, vin de palme, et tout... et tout... Une grande marmite chantait sur un foyer : c'était la sauce.

A côté du foyer un feu était allumé à l'intention des poissons et des bananes réservés à la grillade. Autour du feu chacun de nous racontait une histoire drôle ou rocambolesque, question de tuer le temps. Il nous fallait attendre encore une heure environ avant de nous régaler. La lune nous éclairait généreusement. Répercutés par les échos, nos rires se faisaient entendre de loin, très loin, surtout si l'une des histoires était particulièrement drôle.

— Eh ! les gars, il paraît que quelque part en Afrique il y a un « sungura » (lièvre) qui a rigolé sans discontinuer pendant sept jours et sept nuits.

— Et pourquoi qu'il rigolait comme ça ?

— Paraît parce qu'il avait fait une énorme farce à quelqu'un.

— Moi, Rastami m'a dit que les « wazoungou » ne se lavaient jamais, et c'est une grande personne qui travaille chez eux qui lui a raconté ça.

— Ah oui ? comme ils doivent être sales alors !

— En tout cas ils ne puent pas parce que, paraît-il, ils se douchent avec du parfum.

— Du parfum ? hum !!! si j'en avais moi, je tomberais toutes les filles du village.

— Et ce garçon qui, un soir, alla frapper à la porte d'une femme célibataire qui sombrait dans la solitude, le manque et l'ennui ; quand celle-ci demanda, effrayée, qui était là, le garçon répondit : « M'ROMBA FETE » (celui qui sait bien baiser).

— Hé Hééééé !!!

— Merde alors, c'est un romantique, celui-là, et il sait y faire avec les femmes.

— Et qu'est-ce qu'elle a fait la femme ?

— Qu'est-ce que tu ferais toi si, baignant dans le lac de feu de l'enfer, on venait te proposer un repos éternel dans les Jardins de l'Eden ?

— D'après Rastami, il paraît qu'il y a un pêcheur qui a séjourné des jours et des jours dans le ventre d'un requin, et il en est sorti vivant alors que le requin a crevé.

— Pas possible ! comment qu'il a fait ?

— Eh ! bien, toujours d'après Rastami, le pêcheur avait

un couteau sur lui et il s'en est servi pour mettre en pièces le côlon.

— Ouaou ! mais dit, c'est quoi un côlon ?

— C'est un « m'zoungou » qui se prend pour Dieu dans un pays autre que le sien ; je le sais, c'est mon oncle instituteur qui me l'a dit.

— Mais non ! le côlon c'est le gros intestin ou quelque chose de ce genre, et ça doit être vrai puisque c'est Rastami qui me l'a dit.

— Eh ! bien, quelle chance il a eu le pauvre pêcheur de s'en sortir vivant.

— Et vous saviez que les Africains se mangeaient entre eux ?

— Comment que ça se fait alors qu'en Afrique il y ait encore tant d'Africains ?

— Ah ! ça, je ne sais pas.

— Il faut poser la question à Rastami.

— Ouais, il a réponse à tout, lui.

Silence.

C'est alors que nous parvint le ronronnement d'un chat, déclarant sa flamme à une chatte, laquelle miaulait sensuellement, sans doute pour donner sa réponse. Cette scène déclencha une hilarité générale.

— Hé hé hé !!! fit Mougoumé en tenant ses côtes ; quel sacré animal tout de même que ce chat ! et c'est merveille que de l'écouter amadouer sa compagne.

Hilare, je commentais la scène quand ma mère surgit derrière moi ; personne ne l'avait entendue venir. Un silence mortuaire s'installa, il n'y avait que moi qui parlais. Curieux de savoir pourquoi tous mes camarades regardaient derrière moi, je me tournai. Oh ! mon Dieu.

Sans dire mot, ma mère me gifla de toutes ses forces, m'envoyant rouler par terre ; elle me prit ensuite par les oreilles et m'emmena avec elle. Adieu le festin ! Elle ne lâcha mon oreille qu'une fois arrivés chez nous. Folle de rage, elle me lança :

« Quelle honte d'avoir un enfant comme toi ».

Terrifié et honteux, je ne cherchai même pas à me faire

pardonner ; je m'apprêtais déjà à endurer les accrocs que M'sémakwéli allait faire sur ma peau.

— Tu crèveras un jour avec ta gourmandise, continua ma mère ; ne manges-tu pas à ta faim ici ?

— ...

— Maintenant, je veux des explications. Toi, mon caca, tu as osé te moquer de moi, tu sais que tu as commis là un péché ?

Je commençai à pleurnicher piteusement.

— Pour aujourd'hui, la gifle suffira, et tu ne mangeras pas non plus ce que tes salauds de copains et toi étiez en train de préparer ; que cela te serve de leçon, sinon tu verras de quel bois je me chauffe. Va laver maintenant tes pieds, et viens vite te coucher.

Dehors, tout était si calme que je pouvais entendre le bruissement du vent sur la mer. Je pensais à la marmite qui chantait sur le foyer et qui embaumait les lieux ; je pensais aux histoires que nous nous racontions ; je pensais à la scène burlesque du chat et de la chatte ; et je me dis : « si tu n'avais pas voulu devenir intellectuel et savoir parler la même langue que les « wazoungou », tu n'aurais pas eu cette mésaventure ». Poursuivie et déséquilibrée, une souris me tomba sur la tête. Je fis un bond. Mon frère se réveilla, furieux.

— Ah ! merde, si tu recommences encore, je t'étrangle, dit-il.

— Mais... une souris me rongeait les orteils, alors je l'ai secouée, mentis-je.

— Les pieds, ça se lave comme toi tu manges, c'est-à-dire constamment, fit-il ironiquement.

— Toi, tu les laves peut-être trop, c'est pour ça qu'ils ont pris cette couleur cadavérique, répliquai-je avec entêtement.

Mon frère avait la peau couleur chocolat au lait, qui tendait même vers le blanc. Ses pieds, à force d'être lavés, étaient devenus plus blancs que le reste de son corps.

— Sale petit fuyard, dommage que maman ne t'ait rien fait, dit mon frère en me regardant méchamment.

— Ah ! c'est donc ça, et tu donnes comme prétexte le bruit que j'ai fait, continuai-je à lui tenir tête.

— Vous avez fini tous les deux, intervint ma mère ; taisez-vous et dormez.

Mon frère se tourna de son côté et ne m'adressa plus la parole. Le lendemain, après l'école coranique, Mougoumé m'appela. Je crus avoir affaire à des moqueries mais, à ma grande surprise, le regard de mon interlocuteur était plein de piété. Un peu gêné, il sourit et me demanda :

— As-tu passé la nuit en paix ?

— Paix seulement, lui répondis-je ; mais j'ai rêvé, ajoutai-je.

— Aha ! de quoi donc ?

— Du pique-nique, dis-je laconiquement.

— Justement je suis venu te chercher pour ça, nous t'avons réservé une part, normal non !

— Tu sais, j'en veux à ma mère pour hier soir.

— Qu'est-ce tu veux, c'est ça être écolier ; et si ta mère a fait ça, c'est pour ton bien.

— Comme je déteste cette école, tu ne peux pas savoir.

— Tu as tort ; tu crois que moi j'ai choisi d'être analphabète ? On dit que le destin de tout un chacun est tracé d'avance, mais le mien, je crois que c'est mon père qui l'a tout tracé ; ayant sans doute une mauvaise opinion de ceux qui envoient leurs fils à l'école, il m'a gardé avec lui pour prendre soin de son cheptel. Alors voilà, je sais où est ma place maintenant dans la société : au bas de l'échelle.

Il se tut un moment.

— Vois-tu, reprit-il, j'aurais toujours aimé pouvoir aller un jour à l'école, mais c'est peut-être parce que je sais maintenant que c'est trop tard ; c'est fini, je n'aurai plus jamais ce privilège.

— Pouah ! je ne pense pas que le fait d'aller à l'école soit un privilège ; ce que je sais par contre, c'est qu'au début je supportais bien ce calvaire que tu appelles privilège, mais plus je grandis, plus ce maudit bâtiment blanc me rend claustrophobe ; pire encore, je ne peux plus maintenant me faire accompagner de qui je veux, comme je veux ; je ne peux plus m'amuser avec qui je veux et quand je veux, et tu appelles ça bon avenir, toi ! mais regarde comme tu es libre toi.

En philosophe, Mougoumé me lorgna et dit :

— Cette liberté qui te manque tant aujourd'hui, tu l'auras un jour, mais il faut te montrer patient, il faut savoir attendre.

— Patient... patient... voilà un joli mot, facile à prononcer ; moi je ne suis pas du tout patient, et s'il y a ici-bas une chose que je déteste plus que tout, c'est d'attendre ; j'aimerais me réveiller un jour et assister à l'effondrement de cette école.

Mougoumé esquissa un sourire moqueur.

— Tu es encore jeune, dit-il ; à ton âge, on ne se soucie de rien. Tout ce qui te préoccupe c'est le jeu ; sûr que je suis libre comme tu dis, mais à quel prix.

Mougoumé était de loin plus âgé que moi. La souffrance, la pauvreté, la misère, qui lui tenaient compagnie quotidiennement, avaient constitué une sorte de carapace rude et fragile tout à la fois autour de sa personnalité. Il n'avait pas encore atteint la majorité, pourtant il semblait si expérimenté, si sûr de lui. Pour changer de conversation sans me frustrer, il s'inquiéta de la succulence du mets de la veille.

— Je ne pense pas que ce soit toujours alléchant comme hier, mais c'est le geste qui compte, dit-il.

— Quoi donc ? demandai-je.

— Eh ! bien, ce que nous avons préparé hier soir.

— Ah ! oui, non, je suis sûr que ça va être délicieux.

Nous arrivâmes dans sa case ; tous mes compères s'y trouvaient. Je pris place sur l'unique lit empaillé, Mougoumé s'assit à même le sol. Après une brève discussion, ma part fut servie.

— Ça me fait tout drôle de manger seul, avec vos yeux braqués sur moi, dis-je en riant.

— Hé ! nous aussi, ça nous a fait drôle de manger hier après la visite à l'improviste de ta mère, plaisanta Gougou.

— Bof ! à présent j'en suis quitte pour la peur, les assurai-je ; par contre, mon frère n'était pas du tout content.

— Pourquoi ? demanda Mougoumé, surpris.

— Oh !... parce que ma mère ne m'a pas touché ; il

a même voulu m'étrangler hier soir parce que je l'ai dérangé dans son sommeil.

— Ta mère ne t'a rien fait ? se moqua Ila ; avec la gifle que tu as encaissée, j'ai cru que tu allais tousser toute la nuit et durant toute l'année. Ça alors ! on dirait que tu es son rival, pour qu'il t'en veuille à ce point.

— Il paraît que c'est parce que tu l'as dépassé à l'école qu'il ne peut plus te sentir, me confia Soulé.

— J'en sais rien, nous avons toujours été comme l'œil et la fumée ; j'avoue cependant que les choses vont de pire en pire.

Tout en discutant, ma main voyageait régulièrement de la marmite à ma bouche. Les bananes avaient en effet perdu leur saveur, mais la sauce, cuite à point, était encore succulente, bien qu'un peu froide. Presque aussitôt après avoir vidé la casserole, je pris congé de mes camarades, le ventre ballonné.

Je songeais déjà à lundi. Je songeais au nouveau règlement en vigueur à l'école : il nous était formellement interdit de parler les dialectes locaux en classe, même pour demander quelque chose en murmurant à son voisin. C'était le seul moyen que notre instituteur avait trouvé pour nous faire faire des progrès en français. Le plus drôle c'est, que l'auteur du règlement lui-même s'embrouillait parfois dans ses explications, mélangeant dialecte et français, un français de pacotille frisant le petit nègre. Par moments, il s'exprimait tout bonnement en « shimaoré » (dialecte maorais) pour, disait-il, mieux se faire comprendre.

Un matin, notre instituteur nous tint au courant de sa nouvelle discipline. Il fit circuler une carte sur laquelle il avait marqué ceci : « Je ne dois pas parler maorais en classe ». Chaque début de cours, l'instituteur tenait la carte. Dès qu'il repérait un élève chuchotant quelque chose à son voisin, il l'interpellait et la lui collait. La règle du jeu -si jeu il y avait vraiment- nous ne la connaissions que trop. La première victime devait avoir l'oreille et l'œil sur tous les élèves pour se débarrasser de cette maudite carte. C'est dire qu'une fois sur soi, on ne prêtait guère attention à ce que racontait l'instituteur. On n'avait nul autre souci que celui de transmettre cette maudite plaie à un autre « indiscipliné », puis surtout veiller à ne plus l'avoir une deuxième fois. Celui qui avait la malchance de l'avoir en dernier à la fin du cours avait droit à une bonne punition. Il avait cependant à faire un choix entre un certain nombre de coups de règle sur le bout des doigts, ou nettoyer la classe et balayer la grande cour de l'école, ou enfin aller chercher un grand paquet de fagots et l'amener chez l'instituteur. Faute de quoi l'élève « indiscipliné » était mis à genoux le lendemain devant tous ses camarades et était contraint à se tirer les oreilles.

Cette nouvelle discipline créait parfois de vives altercations entre élèves du fait que si quelqu'un se trouvait avec la carte à quelques minutes de la fin du cours, il la transmettait d'une façon ou d'une autre à son voisin, prétendant que ce dernier avait parlé maorais. Et après les cours on assistait souvent à des règlements de compte violents et parfois même sanglants.

J'étais très prudent. Je restais presque muet durant les cours. Même pendant les récréations, je n'ouvrais ma bouche qu'une fois devant mon petit déjeuner. Personne ne pouvait m'arracher le moindre mot en classe, à part les réponses aux questions de l'instituteur, encore fallait-il que ce dernier s'adressât spécialement à moi. Bien sûr, quelquefois, par réflexe, je demandais quelque chose à mon voisin, ce qui ne passait jamais inaperçu. Et lorsque j'avais la carte sur moi, j'étais sûr de la garder jusqu'à la fin, tellement je détestais avoir l'œil et l'oreille aux aguets. Aussi j'étais parfois moi aussi en proie aux punitions adaptées à la circonstance.

Etait-ce vraiment le meilleur moyen de nous apprendre à mieux parler le français ? Et pourquoi nous contraignait-on à bien parler cette langue, surtout à ce niveau ? Ce sont les questions que se posaient nos parents, à cause surtout des corrections et des règlements de compte. Je trouvais quant à moi que l'idée en soi était bonne, mais que la méthode employée était tout à fait à l'image de l'étroitesse d'esprit dont faisait montre notre instituteur.

De toutes ces turpitudes, il y en avait une que je trouvais inacceptable : remarquant notre goût excessif du jeu, notre instituteur nous obligeait à rester dans nos foyers dès le coucher du soleil. Comme ça, pensait-il, nous nous amuserions moins et travaillerions beaucoup plus. Et malheur à celui d'entre nous qui était aperçu au dehors le soir. Le plus déplorable dans cette nouvelle contrainte, c'est que l'instituteur, borné et en mal d'autorité, ne cherchait même pas à savoir si nous connaissions ou pas nos leçons avant de distribuer des coups. Il nous avait vus dehors le soir, alors nous avions droit à une bonne correction pour avoir enfreint la loi, sa loi.

Bien sûr, toutes ces tracasseries n'étaient pas gratuites ; elles étaient destinées à faire de nous de bons élèves. Nous le savions parce que nos parents n'avaient de cesse de vanter la bonne volonté de nos instituteurs ; mais parfois le sadisme de ces derniers prenait le pas sur cette soi-disant bonne volonté, tant et si bien que nous en venions tout bonnement à conclure que les instituteurs voulaient vraiment notre peau. Par exemple en dictée, il était de règle à l'école de M'zoisia que chaque faute fût corrigée par un coup. Celui qui, à chaque dictée, faisait cinquante à soixante fautes -ce qui arrivait quelquefois- n'avait plus qu'à faire alors ses prières. Allah hou Akbarou !

Après la dictée, notre deuxième tourment était le tableau noir. Quand il fallait s'y rendre pour corriger un problème, nous avions tous des haut-le-cœur. L'instituteur demandait d'abord un volontaire, mais comme il n'y avait pas parmi nous des masochistes, il prenait un élève au hasard. Et à chaque fois le hasard faisait que le choix se portât sur l'élève qui avait le moins la sympathie du maître. Bien que nous nous connaissions tous, nous paniquions toujours une fois devant ce panneau de malheur. On sentait que des regards, souvent moqueurs, étaient braqués sur soi. Gare alors à celui qui ne savait pas résoudre le problème ! Non, le « mauvais » élève n'était pas fustigé, mais les commentai res désinvoltes du maître le torturaient, comme si le pauvre n'était pas assez terrorisé comme ça.

« Alors, tu ne sais pas combien font deux et deux ? »

Silence dans la salle.

— Tu aurais mieux su faire si je t'avais demandé de

nous dire combien de temps met une fille, poursuivie par un garçon, pour parcourir une plage d'un kilomètre, sachant que la vitesse de la fille est de deux kilomètres par heure et qu'elle s'arrête toutes les cinq minutes pour se faire chatouiller par le garçon, n'est-ce pas ?

Rires étouffés des élèves.

— Comment espères-tu réussir le concours d'entrée en sixième si tu n'as en tête que des cochonneries ?

A nouveau le silence dans la salle, le cauchemar de tout élève de CM2 vient d'être évoqué.

— Si tu n'es pas capable de résoudre ce problème, tu ferais mieux d'aller te rhabiller.

Etonnement. On n'a pas saisi le sens du conseil.

Et ce monologue pouvait continuer longtemps comme ça, jusqu'au moment où le pauvre malheureux, au point de faire dans son froc, fondait en larmes, toute la honte du monde pesant sur son être.

CHAPITRE VI

Plus je grandissais, moins je devenais sage et je ne m'intéressais guère à mon travail à l'école. J'étais triste sitôt que j'apercevais le grand bâtiment blanc au bout du village, il ne se passait pas un jour sans que je demande au bon Dieu de le détruire. Ce n'était pas tant le fait d'aller à l'école qui m'était insupportable que l'excès de sévérité des instituteurs.

Un jour, à peine une semaine après la rentrée, je suçais innocemment un « bouyou » (fruit d'un baobab) en classe. Tous les jours, avant de prendre le chemin de l'école, nous étions nombreux à remplir nos poches de ces bonbons que nous prenions plaisir à déguster à tout moment et à tout endroit. Nous en sucions une quantité telle que nous avions mal au palais. Jusqu'à ce jour, aucun de nous n'avait pensé que c'était là une chose à ne pas faire quand on était en classe. Et comme à l'accoutumée, sans gêne ni crainte, je me délectais de la saveur à la fois acide et sucrée de ce fruit quand tout à coup mon instituteur m'interpella. Effaré, je me demandai ce que j'avais encore fait comme bêtise. L'instituteur me demanda de but en blanc ce que j'avais dans la bouche.

— Rien, maître, fis-je en zozotant.

— Viens par ici, cria-t-il.

Tous les élèves me regardaient. J'avançai comme un automate vers le bureau du maître, les yeux rivés sur lui.

— Ouvre ta bouche, m'ordonna-t-il, debout devant son bureau.

J'essayai de lui dire que ce n'était qu'un « bouyou » que j'avais dans la bouche et que nombre de mes camarades en faisaient autant, mais je ne fis qu'attiser le feu : il me prit au collet et me gifla de toutes ses forces, m'envoyant rouler sur les bancs du premier rang.

— Tu te crois où ici, me fit-il, non sans méchanceté. Tu te crois têtu, tu te moques de tout le monde, mais ça ne se passera pas comme ça avec moi.

Je restai sans voix.

Il est vrai que, dès ma première année d'école, malgré mon tempérament réservé et timide, il m'arrivait souvent de faire des bêtises mais seulement dans l'intention de faire râler mes camarades. Par exemple tous les matins, pour entrer en classe, nous nous mettions toujours en rang. Je ne supportais pas cette discipline cependant que mes condisciples semblaient s'en foutre éperdument. Il me fallait donc une belle farce qui les mettrait eux aussi dans l'embarras. C'est ainsi que tous les matins, chaque fois que je me trouvais devant la porte de notre classe, je bloquais l'entrée. Tout le cortège derrière moi sacrait. Cela m'excitait drôlement, d'autant plus qu'il y avait toujours quelques crapules pour m'encourager. Je ne craignais rien -du moins le croyais-je- puisque j'étais certain qu'aucun de mes camarades n'oserait lever la main sur moi. Quant à notre instituteur, il s'en allait se tailler une bavette avec ses collègues une fois qu'il avait donné l'ordre d'entrer en classe. Mais un jour, un élève, excédé par ce jeu, me menaça d'avertir le maître si je ne les laissais pas tranquille. Je ne le pris pas au sérieux, convaincu qu'il bluffait. Le lendemain, le train-train quotidien reprit, et moi de reprendre mon jeu.

L'instituteur, après avoir donné l'ordre habituel d'entrer en classe, se mit derrière le cortège, sans que je le sache. Arrivé à la porte, je bloquai l'entrée en ricanant, à la manière de tout garnement qui, non content d'une farce déjà de mauvais goût, cherche encore à envenimer les choses. Soudain, une pierre de dix kilos me tomba sur la tête : c'était un « cougnaca » -coup de poing asséné en plein crâne- de l'instituteur. Ce dernier justement avait la plus grande réputation en la matière, mais je ne pensais pas avoir à apprécier par moi-même sa désagréable spécialité. Ma tête ne fut plus que douleur et pendant un moment ma vue s'embrouilla. Je voyais presque à l'envers tout ce qui se trouvait devant moi. Il y avait comme un sifflement dans mes oreilles, une sorte de bruit parasite comme celui qu'on entend dans un transistor mal réglé. Je n'arrivais pas à savoir si les élèves autour de moi riaient ou sifflaient. Je marchai à tâtons jusqu'à ma place, tenant ma tête dans les mains. Durant tout le cours je ne dis pas un mot ; c'est qu'ayant repris mes esprits, la honte se mêla à la douleur, ce qui donna une sorte de silence boudeur.

Cet incident ne fut pas une bonne publicité pour moi. Et depuis ce jour, cet instituteur fit de moi un élève haïssable.

— Maintenant tu vas changer de place avec ton frère, et tu recommenceras le CM1, me dit l'instituteur ; toi, continua-t-il en s'adressant à mon frère, tu vas seulement prendre sa place mais tu restes en CM1.

Je voyais que mon maître bouillonnait de colère, mais je n'arrivais pas à comprendre pourquoi ; ça ne pouvait pas être à cause de mon « bouyou » en tout cas.

— Mais maître... je n'ai rien fait de mal, fis-je après un long silence.

— Aaaaaaaaah !!! cria-t-il ; tu discutes maintenant les décisions de ton maître ? De gré ou de force je vais faire de toi un gentil petit toutou.

Je rangeai mes affaires en pleurnichant. Pour la première fois de ma vie, je pensai à tuer un être humain. Je décidai de ne plus accorder à cet homme la moindre considération, le moindre respect. Oh ! bien sûr, je n'osais pas montrer ostensiblement mes sentiments, mais mon cœur, mon âme en furent témoins.

Lorsque mon frère annonça la nouvelle à ma mère, je pleurais encore.

— Comment a-t-il pu faire cela à toi, son cousin ? dit simplement ma mère.

— Et il m'a dit de prendre sa place, signala mon frère.

Un long silence. Puis :

— Vraiment, je ne vois pas ce que je peux faire pour toi, fils.

— Comment ça ? dis-je en pleurant ; d'abord il me frappe comme ce n'est pas permis...

— Justement, me coupa ma mère ; je ne suis pas sûre que frapper un élève est un acte prohibé en Pédagogie... qu'est-ce que j'en sais, moi ! tous les élèves ici se font rosser par leur maître, et parfois même c'est nous les parents qui donnons la permission.

— Peut-être, mais il n'a sûrement pas le droit de m'obliger à redoubler une classe sans raison.

— Qui sait, c'est bien lui le directeur de cette maudite école, il peut donc faire ce qui lui plaît.

— C'est tout ce que tu trouves à dire ? fis-je, désolé et déçu par cette résignation recrudescente qui, jusque-là, m'était inconnue chez ma mère ; va au moins lui faire voir que tu n'approuves pas ce qu'il vient de faire, insistai-je.

— Qu'est-ce que ça peut lui faire, et puis de toute façon il est trop fier pour changer d'avis comme ça.

— Ce n'est pas juste... va lui dire que tu le marabouterais si jamais il ne revenait pas sur sa décision, il prendra sûrement peur, dis-je stupidement.

— Han ! qu'est-ce qu'il s'en fout, lui, des maraboutages ; intello comme il se prend il ne doit pas croire à toutes ces histoires-là.

Elle se tut un instant, puis dit :

— Je sais, fils, que ce n'est pas juste ; depuis toujours, les instituteurs ont régné en tyrans dans cette école et personne n'a songé mettre un terme à cette dictature. Sache que je n'aime pas qu'on lève la main sur toi, mais je ne me sens pas à la hauteur d'entreprendre un combat que, tu le sais aussi bien que moi, je perdrai à coup sûr. Dieu est témoin de cette injustice, il la réparera.

« Oui, mais en attendant, c'est moi qui vais refaire bêtement la même classe », me dis-je. Mais en même temps, les paroles de ma mère, aussi résignées fussent-elles, m'avaient calmé un peu. Je commençai peu à peu à réaliser que je venais d'être victime d'un cynisme sans cause apparente, que je subissais les conséquences d'un peuple naïf, ce peuple qui renvoie au Tout-Puissant toute injustice humaine.

Pour se disculper, l'instituteur tenait des propos de ce genre : « ma décision s'explique par le fait que j'ai jugé cet enfant incapable de suivre le rythme de sa nouvelle classe, surtout à cause de son âge ». Mais comment pouvait-on apprécier les capacités d'un élève une semaine seulement après la rentrée, quand on sait que chaque année, durant les premiers jours d'école, tous les élèves s'affairaient à rendre plus agréable, plus fréquentable le bâtiment officiel ? Car pendant les vacances scolaires ce grand bâtiment blanc n'était qu'une grande maison abandonnée, avec tout ce que cela comportait comme avantages et inconvénients : des élèves mal en point se faisaient un plaisir d'y gribouiller toutes sortes d'obscénités, à l'intention de celui qui eut l'idée d'installer cette plaie-là, ou tout simplement à l'intention de tel ou tel instituteur mal vu parce que trop sévère ; parfois, de jeunes amoureux trop surveillés à leur goût, ou encore quelqu'un trop pressé de trouver un endroit approprié pour se soulager, ou enfin des jeunes désireux de pique-niquer dans l'intimité, venaient s'y réfugier. Comment donc pouvait-on juger un élève incapable de suivre le rythme d'une classe lorsqu'on n'avait même pas encore commencé le programme ? Au nom de quel code pédagogique pouvait-on se permettre de prendre de telles décisions ? Au nom de quelle étroitesse d'esprit pouvait-on aller jusqu'à user de son autorité professionnelle pour assouvir une vengeance personnelle ? Bien sûr, il est normal de gourmander tout marmot passant outre les credos socio-pédagogiques ; mais notre système scolaire dans les classes primaires était ainsi fait qu'un enfant ne pouvait faire la moindre bêtise sans payer tribut aux larmes... Et ça, ce n'était pas normal ; le pire c'est que tout espoir de voir un jour survenir un changement dans ce régime sévère s'avérait vain, tellement les maîtres étaient encouragés par nos parents.

J'eus du mal à oublier cette rétrogradation. Comment l'aurais-je pu ? J'avais l'impression qu'elle m'avait frappé comme la malédiction frappe un fieffé pécheur ; je n'étais pourtant pas de ceux qui accordaient une importance maladive aux prémonitions. Je me forçais à aller à l'école comme si de rien n'était, j'étais envahi par un sentiment étrange quant à la poursuite de mes études. Et si cela ne dépendait que de moi, j'aurais vite mis fin à ma scolarité. Je ne pouvais plus supporter de voir ce grand bâtiment blanc, et encore moins celui sur qui toute ma haine s'était concentrée. A plusieurs reprises j'essayai d'expliquer tout cela à ma mère, mais à chaque fois elle détournait la conversation. Ah ! si seulement elle pouvait lire dans mes pensées ! Mais de toute façon cela n'aurait servi à rien car pour elle, il n'était pas question de s'avouer vaincu même si la bataille était perdue, ce qui me faisait penser à ce proverbe que mon grand-père aimait à répéter : « Etre vaincu et ne pas se soumettre, c'est déjà une victoire ».

Un jour, alors que je refusais catégoriquement de reprendre le chemin de l'école, ma mère me tint un discours qui me surprit beaucoup.

— Tu sais, fils, commença-t-elle, je comprends ce que tu ressens après une telle épreuve, je comprends ta déception du fait que je ne puisse rien faire pour toi ; cette fois je reconnais que nous avons perdu, mais ce n'est que partie remise. Et croire que nous nous décourageons si facilement, c'est mal connaître la famille MAOULIDA SIDI ; oui ! nous sommes le *« n'drawé »* : on a beau l'extirper, il repousse toujours. C'est exactement ce qu'on a voulu faire avec toi ; on a remarqué que tu dépassais prodigieusement tes camarades en classe, alors par jalousie, on a voulu d'une façon ou d'une autre te mettre des bâtons dans les roues ; et si tu te laisses abattre maintenant, alors ils auront gagné. Mais nous n'allons pas leur procurer un tel plaisir, c'est pourquoi tu vas prendre ton courage à deux mains et travailler plus durement que tu ne l'as jamais fait jusqu'ici...

J'écoutai sérieusement, mais sans conviction. Je pensais que ce beau discours m'était tenu juste pour me remonter le moral. Je pensais aussi que ma mère disait tout cela sans conviction non plus. Je ne voulais pas entendre raison, je souhaitais que justice fût faite.

« ... tu sais ce qu'on dit : « c'est l'orgueil qui a incité le serpent à grimper sur un arbre » ; toi, tu es le serpent, et c'est parce que tu as de l'orgueil, de la fierté, que tu ne vas pas baisser les bras maintenant. Et surtout n'oublie pas, tu es un MAOULIDA SIDI ».

Sachant les rapports de force faussés dès le départ et ne possédant aucune arme pour donner du poids à ce qu'elle aurait pu formuler comme revendications, ma mère choisit de faire appel à l'orgueil pour nous aider à surmonter cette injustice. Dieu devait punir nos agresseurs, et l'orgueil nous aider à aller de l'avant malgré tout. Paresseusement, les conseils de ma mère firent sur moi un bon effet. Je finis par admettre la vérité et accepter la réalité : la vérité c'est que je dépassais mes camarades en classe et la réalité c'est qu'il me fallait refaire la même classe sans raison, et que malheureusement personne ne pouvait rien faire pour moi.

Je refis donc le CM1, en compagnie de mon frère. Nous passâmes tous les deux à la fin de l'année en CM2. Il ne fut plus question cette fois d'une quelconque agression rancunière, j'avais bien pigé la correction. J'étais on ne peut plus sage, mais cette sagesse n'était qu'une fausse apparence. En fait, j'étais comme ce mari « moderne » qui, se sachant cocu, essaie de se montrer compréhensif, de dissimuler sa colère ; il se sent humilié, offensé, blessé dans son amour-propre, mais il se doit de surmonter tout cela sans faire de scandale car son honneur de mari « moderne » en dépend - bêtise masculine.

A la vérité, j'avais envie de me venger réellement, seulement je ne savais pas comment m'y prendre, d'autant plus que mon orgueil m'interdisait d'exhiber ma blessure, ma déception, ma haine pour cet homme qui cherchait par tous les moyens à me rendre la vie dure ; mais ce sont des détails qui ne méritent pas d'être rapportés ici. L'important c'est que j'ai su tenir le coup, et ce fut ma vengeance ; je ne pouvais espérer en avoir meilleure que celle-là.

Le CM2 était une classe de transition de l'assujettissement à l'affranchissement ; c'était en quelque sorte le purgatoire. Seulement, avant d'accéder à la félicité éternelle, les âmes des innocents n'avaient pas à expier leurs péchés mais franchir un obstacle, un véritable os : le concours d'entrée en sixième. Vraiment, passer ce concours n'était pas de la sinécure. Il était plus difficile de réussir ce concours que d'en réussir n'importe quel autre. Plus que la difficulté des épreuves, c'était la sélection tout simplement diabolique, qui faisait peur.

Chaque année, des milliers de candidats se présentaient à ce concours, et il n'y avait de la place que pour une centaine. « Que voulez-vous, le C.E.S n'est pas assez grand pour recevoir tout ce monde ; il n'y a pas assez de places à l'internat -réservé aux garçons- pour tous ces indigènes qui décidément ne savent pas où est leur place. Et puis, de toute façon, il n'est pas besoin d'augmenter l'effectif dans le C.E.S, il est largement suffisant, surtout dans une île où l'Education occupe une place d'arrière-plan. Il y a d'autres choses plus urgentes et fichtrement plus importantes à faire dans cette île que de se soucier de l'éducation de ces indigènes : par exemple, moderniser les hôtels pour le bien de l'économie locale, étant donné que celle-ci dépend avant tout du tourisme, ou encore payer les fréquents voyages officiels des hommes politiques pour qu'ils aillent revendiquer nos droits auprès de la mère-patrie... », disait-on dans les instances supérieures de l'enseignement. Et les instituteurs se faisaient un devoir de nous tenir ce genre de discours avant le concours, pour bien nous faire comprendre combien il était difficile de goûter au bien-être de la félicité.

CHAPITRE VII

Le concours avait lieu à Dzaoudzi, alors capitale de l'île. Tous les candidats des divers coins, même les plus reculés, s'y présentaient. Ceux qui habitaient loin de Dzaoudzi quittaient leur village quelques jours avant pour aller séjourner dans une ville avoisinante.

Quelques dizaines de kilomètres séparent Dzaoudzi de M'zoisia. Mon frère et moi avions quitté notre village un jour avant le début des épreuves. Ce n'était pas là une simple question de prudence, mais ne serait-ce que pour arriver à Dzaoudzi, il nous fallait au moins la moitié d'une journée. Cela peut paraître un peu excessif pour une telle distance, mais à l'époque la desserte routière était plutôt dérisoire dans toute l'île. Nombreux étaient les villages, dont le mien, sans routes. Quant aux moyens de transport, il ne pouvait en exister de plus primitifs que ceux dont nous disposions ; pour se rendre à Dzaoudzi, il fallait en utiliser au moins cinq : fouler tout d'abord une importante surface latérique, traverser ensuite une baie en pirogue, juste le temps de souffler et d'admirer la beauté du paysage qui vous entoure ; mais cette rêverie ne durait que quelques minutes car une fois de l'autre côté de la baie, il fallait marcher derechef jusque là-bas où vous pouviez enfin voir de vos propres yeux une voiture ; là, vous étiez presque au bout de vos peines car vous pouviez prendre un taxi de fortune pour vous rendre à Mamoudzou, vous savez, ce genre de taxi baptisé « taxi-brousse » peut-être parce qu'indigènes et animaux y trouvent leur place.

Mais hélas ! votre soulagement n'était que de courte durée car dans ce prétendu taxi il se trouvait tellement de monde que vous étiez obligé de vous asseoir sur les genoux ou même parfois sur la tête de quelqu'un. Arrivé à Mamoudzou, il ne vous restait plus qu'à prendre un boutre -s'il y en avait- pour Dzaoudzi.

Un seul de tous ces innombrables moyens de transport était pour ainsi dire confortable, quoique très épuisant : la marche à pied. Pour le reste, c'était une question de « on n'a pas le choix ». Nous vivions pourtant au vingtième siècle et, de surcroît, nous faisions partie d'une grande nation dite civilisée, nous étions les enfants chéris d'une mère-patrie très soucieuse de notre sort. Et lorsque je voyais dans les manuels de géographie la beauté des autoroutes et des routes nationales dans ce pays lointain, je ne pouvais comprendre pourquoi toutes ces merveilles n'existaient pas aussi dans mon île. Mais c'étaient là des remarques sans lendemain, qui cependant s'accumulaient au fin fond de mon subconscient.

A en croire ma mère, Dzaoudzi était un tout autre monde, un océan où le requin régnait en maître, un endroit où de petits ingénus comme nous étaient perdus sans guide. En somme, un monde qui n'était pas fait pour nous. C'est pourquoi, avant de la quitter, elle se mit à préparer toutes sortes de choses qui pouvaient nous être utiles le cas échéant. Nos sacs étaient remplis de victuailles de tout genre, de quoi nourrir toute une famille. Elle enjoignit à mon frère de bien prendre soin de moi, faute de quoi il aurait affaire à elle au retour.

« Maintenant, passons aux choses sérieuses », nous dit-elle une fois finie la préparation de nos sacs. Elle avait invité chez nous les plus grands marabouts du village. Elle nous conduisit dans une chambre où l'atmosphère inspirait la mort : les marabouts, les yeux clos, égrenaient leurs chapelets en psalmodiant ; une odeur nauséabonde, la même que celle que l'on sent à chaque toilette mortuaire, envahissait les lieux. A notre entrée, les marabouts se levèrent et nous firent signe de nous asseoir sur une natte. Ma mère nous donna un pagne pour couvrir nos têtes, puis s'en alla. Alors, au-dessus de nos têtes ce ne fut plus qu'un bourdonnement confus et monotone de prières. Je jetai un coup d'œil furtif vers mon frère, il fermait les yeux. Je fis de gros efforts pour m'empêcher d'éclater de rire, ce spectacle m'amusait toujours.

Les prières achevées, les marabouts jetèrent sur nos têtes quelques grains de riz tout en soufflant : la cérémonie était finie. Nous enlevâmes le pagne, une pluie de riz tomba sur la natte. Nos protecteurs nous serrèrent cordialement la main en souriant, et chaque poignée de main était accompagnée d'un « que la chance soit avec vous, et qu'Allah vous protège ! ». Nous répondîmes tous les deux en chœur « Amin ». Sur ce, les marabouts prirent congés de nous, non sans réclamer à ma mère leur dû, bien entendu. Maintenant, il ne restait plus qu'à nous laver avec l'eau sacrée pour que la chance fût pleinement avec nous. Les gris-gris n'étaient pas oubliés, mais il fallait surtout les avoir le jour de l'examen.

Je n'accordais pas tellement d'importance à tous ces rites, je me sentais mal en point et plutôt ridicule chaque fois que ma mère me forçait à y prendre part. Je n'aimais pas non plus porter sur moi un gris-gris ; je ne savais pourquoi cela m'indisposait. Pourtant cette fois, ce fut avec enchantement que je demandai à ma mère de coudre mon gris-gris dans la poche intérieure du pantalon que je devais porter le jour du concours. « Comme ça, pensai je, il sera à l'abri des regards indiscrets et moqueurs, et puis surtout je ne risque pas de le perdre ». Ma mère fut agréablement surprise par cette sage réaction, elle ne pouvait que me bénir, non sans ajouter laconiquement ! « tu mûris ». Et nous voilà partis à la recherche de notre félicité !

Nous fûmes accueillis à L'abattoir par mon oncle, l'un des frères aînés de ma mère. Celui-ci avait quitté le village natal, comme beaucoup l'avaient fait avant et après lui, pour aller chercher fortune en ville. Il était menuisier et travaillait à son compte. Dès notre arrivée, il se proposa de nous faire visiter le quartier, mais nous refusâmes.

— Vous pensez déjà au concours, n'est-ce pas ? nous demanda-t-il.

— En vérité oui, répondit mon frère ; mais il faut aussi que nous nous reposions après ce long voyage fatigant.

— Oui, bien sûr, dit mon oncle.

En fait, le vrai motif de notre refus était que nous nous sentions perdus dans cette ville bruyante, cette ville dont la mauvaise réputation dépassait notre entendement. Nous n'avions nullement envie de tomber sur des pédés capables d'abuser de notre naïveté, ou encore sur des voleurs prêts à nous égorger pour s'emparer de notre maigre argent de poche. Nous décidâmes donc de rester à la maison. Presque aussitôt après le souper -que je touchai à peine-, nous nous mîmes au lit. Bientôt, tout sera fini, me dis-je.

Nous sommes arrivés à Dzaoudzi tôt le lendemain matin. L'air était plutôt frais, la rosée forte, si forte que du haut des toits tombaient des goutelettes d'eau. Les rues étaient vides. Dzaoudzi se réveillait nonchalamment. Nous nous installâmes sur un banc au bord de la rue. Je promenai mon regard naïf autour de moi. Derrière nous une pancarte indiquait en grosses lettres noires :

COLLEGE D'ENSEIGNEMENT SECONDAIRE
DE DZAOUDZI

Au-delà de la pancarte, il y avait des arbres à l'ombre desquels reposaient de vieilles bécanes. En face de nous se trouvait une vieille maison toute délabrée, comme sur le point de s'effondrer ; j'appris plus tard que cette masure servait de refuge à la gent péripatéticienne et sa clientèle. A côté de la vieille maison vétuste se dressait fièrement un imposant badamier, dominant les quelques manguiers plantés çà et là. A quelques mètres sur notre gauche, il y avait une place au milieu de laquelle se dressait une barre de fer ; j'appris aussi plus tard que cette chouette place était la « place de France ». Au bout de la barre de fer flottait le vénéré drapeau tricolore, symbole de la protection de notre liberté et image de notre prospérité.

— Je vais jeter un coup d'œil là-bas, dis-je en indiquant du doigt la place.

Mon frère me regarda avec de grands yeux.

— Pas question, fit-il au bout d'un petit moment ; tu es fou ou quoi, n'as-tu donc pas peur de tous ces « wazoungou » ?

La ville commençait à s'animer ; des camions de la Légion passaient et repassaient devant nous.

— C'est vrai qu'ils font peur, mais je vais juste là-bas, insistai-je ; et puis, je ne vais pas marcher sur leur pelouse.

— Bon... bon, d'accord ; mais n'oublie pas ce que maman nous a dit à propos de cette ville, fit mon frère sur un ton dramatique pour me faire peur.

Je partis donc voir de plus près la place. Elle était entourée de jolies fleurs qui embaumaient l'air matinal. En face de la place, devant l'endroit où je me tenais, se trouvait la base militaire de la Légion étrangère. A l'entrée de la base une sentinelle faisait les cent pas. « Ce type doit s'emmerder à mort », me dis-je. L'homme en uniforme n'avait en effet rien à faire, à part soulever une longue barre de fer posée à l'horizontal chaque fois qu'une voiture du camp s'approchait de lui. Sur le mur, même de loin, on pouvait lire en gros caractères :

DETACHEMENT DE LA LEGION ETRANGERE
DE MAYOTTE

Debout là, regardant l'homme en uniforme qui, d'après moi, s'ennuyait, je me souvins des ragots au sujet de ce détachement : on racontait au village que les légionnaires étaient envoyés dans l'île pour empêcher les Comoriens de faire main basse sur nos biens, mais aussi et surtout pour veiller sur nous ; on racontait aussi que les légionnaires étaient tous des criminels, c'est pourquoi ils inspiraient la plus pressante des terreurs chaque fois qu'ils faisaient leurs entraînements dans la brousse.

Une fois ma curiosité satisfaite, je rejoignis mon frère qui n'avait cessé de surveiller mes gestes.

— Alors, qu'est-ce que tu as vu ? me demanda-t-il ironiquement.

— Un « mzoungou » tout habillé qui marche, fis-je en souriant stupidement.

— Tu te fous de moi ?

— Non, je t'assure, j'ai bien vu un « mzoungou » tout habillé qui marchait.

— Mais idiot, tous les « wazoungou » marchent, à part les bébés.

— Nous sommes venus trop tôt, tu ne trouves pas ? dis-je pour détourner la conversation.

— Eh bien quoi ! ça t'a permis de voir un « mzoungou » qui marchait, dit mon frère en s'esclaffant.

Je ne dis rien.

Les candidats envahissaient petit à petit les lieux. Une chignole passa en pétaradant près de nous et entra dans la cour de l'établissement. Un homme entre deux âges descendit de la voiture et s'engouffra dans un bâtiment ; c'était le principal du collège. Je commençais à avoir peur. La foule grandissait de plus en plus, la cour du C.E.S était devenue une véritable ruche. Je regardais autour de moi, dans l'espoir de voir les autres candidats de mon village. Point. Je m'accrochai à mon frère. Ce dernier était encore plus perdu que moi mais en sa qualité d'aîné, il se montra courageux, tout à fait maître de lui, pour me rassurer. Le soleil dardait impitoyablement ses rayons sur cette mer humaine. Je transpirais du bout du nez, signe que j'étais le favori de ma mère. Je jetai un coup d'œil sur la montre que j'avais empruntée pour ne pas perdre la notion du temps : il n'était que sept heures. Cette promiscuité ne faisait qu'augmenter mon irritation. Puis soudain, j'aperçus dans la foule le directeur de notre école, l'instituteur qui ne pouvait me blairer. C'était comme si j'avais vu le diable en personne. La présence de cet homme coupa court à tous mes élans ; je n'eus plus envie de voir qui que ce soit. Je regardai droit devant moi, j'avais hâte de me trouver dans une salle. A huit heures, les épreuves commencèrent.

Dans la salle où je me trouvais, un silence glacial régnait. En fait, ce silence était entrecoupé par le sifflotement d'un objet qui, fixé au plafond, tournoyait nerveusement, faisant des bruits bizarres. Toute mon attention fut alors captée par cette chose qui avait l'air aussi vieille que le monde. Plus tard, j'appris que la chose en question n'était qu'un ventilateur, un objet dont l'usage était surtout réservé à la gent blanche de l'île. Tout était mystère pour moi dans cette salle.

Autour de moi tout le monde était concentré sur son travail. L'heure était aux épreuves de mathématiques. Deux hommes, un « m'zoungou » et un « baco », nous surveillaient. Le premier lisait tranquillement dans son coin, ne levant la tête que pour se moucher ou s'essuyer le front. Le second par contre naviguait dans la salle, le sourire toujours au bout des lèvres ; une fois, il s'arrêta devant moi, me regarda droit dans les yeux ; je baissai la tête, j'avais honte parce que ma feuille était toujours vierge. Il continua sa ronde. Quelques instants plus tard il revint, s'arrêta devant moi mais il me tournait le dos. Se penchant sur un élève, ses mains arrivaient juste à la hauteur de mes yeux. Il tenait entre ses mains le corrigé du sujet. Je n'en pouvais croire mes yeux. Ma surprise fut si grande que j'eus à peine le temps de gribouiller sur mon brouillon quelques réponses. Combien de temps resta-t-il ainsi ? Trente secondes, une minute ? Je ne sais pas. Toujours est-il que le peu que j'ai pu voir m'a permis d'écrire enfin quelque chose, mais ce fut insuffisant.

Quelques minutes plus tard, un coup de sifflet annonça la pause. Je donnai ma copie à mon sauveur en le remerciant, mais il continua à ramasser les copies sans même me regarder. De toute évidence il ne voulait pas éveiller des soupçons chez son collègue qui, comme furieux d'être dérangé dans sa lecture, menaçait de partir sans les copies si on ne se dépêchait pas de les lui rendre.

Je sortis dans la cour, le cœur serré. Je sentais venir à grands pas l'échec, mais ce n'était pas cela qui me rendait triste. Je savais que de toute façon je trouverais des mots grandiloquents pour faire l'éloge de mon échec auprès de mes compagnons. En fait, j'étais triste parce que ma mère me manquait beaucoup.

— Alors, tu rêves ? me dit mon frère, l'air plutôt gai ; comment ça s'est passé ?

— Mal, très mal, dis-je ; je n'ai plus envie de continuer.

— Tu plaisantes ou quoi ?

— Est-ce que j'ai la tête de quelqu'un qui a envie de plaisanter ?

— Allons, du calme, fit mon frère, étonné par mon attitude ; souviens-toi de ce que nous dit toujours maman : il ne faut jamais s'avouer vaincu avant la fin du combat.

— Tu ne peux pas comprendre ; je m'en fous pas mal du concours, tout ce que je veux c'est rentrer à la maison.

— Tout sera fini demain, alors il n'y a pas lieu de te rendre si malheureux ; dis-toi que peut-être à la rentrée tu seras Collégien, avec tous les honneurs que cela suppose.

Un deuxième coup de sifflet annonça la reprise des épreuves. Mon frère me quitta, non sans me rassurer que tout allait bien se passer. L'espace d'un instant l'idée de tout plaquer me traversa l'esprit, mais ma fierté m'interdisait de m'abandonner à une telle lâcheté. Je passai donc la suite des épreuves mais le cœur n'y était plus.

Le lendemain nous reprîmes le chemin du retour. Mon frère avait beaucoup insisté pour que nous restions encore un jour en ville, mais je refusai avec entêtement. J'avais trop envie de retrouver ma raison de vivre : la brousse. Là-bas où tout le monde se connaissait ; là-bas où chaque instant de la vie n'était pas chronométré ; là-bas où, la nuit tombée, on se regroupait autour d'un feu pour écouter les vieux sages raconter les espiègleries du facétieux Banawassi, ce lièvre d'Afrique, ou encore des histoires authentiques comme le « latété », cet impôt qui poussait d'honorables pères de famille à devenir des « watoros » (brigands), faute de pouvoir s'en acquitter.

De temps en temps, dans le taxi-brousse qui nous ramenait à Sada, la première étape de notre voyage retour, mon frère me demandait comment j'avais fait un tel exercice, ou encore comment il fallait accorder un tel participe passé. Je le regardais sans le voir, je l'écoutais sans l'entendre. Ma carcasse se trouvait à côté de lui, mais mon esprit vagabondait dans le néant. Puis soudain, toute mon attention fut captée par les propos d'un individu pour qui il n'y avait rien à attendre de l'argent, à part la malpropreté.

— Oui, toute une famille massacrée parce qu'elle avait le malheur d'être riche, dit l'homme ; mais jusqu'où ira le monde si la rançon à payer quand on est riche, c'est la mort ?

— Quoi ? Quelle famille ? s'étonna un passager.

— Les commerçants indiens de M'roni gnombéni, répondit l'homme.

— Quel malheur ! ils étaient si sympathiques, dit un autre passager, apitoyé.

— Tu parles ! leur sympathie n'était qu'une mascarade, leur politique commerciale quoi, pesta quelqu'un ; tout ce qui les intéressait c'était de nous soutirer notre argent, en nous vendant leurs marchandises à un prix exorbitant.

Je regardai tout étonné l'homme qui venait juste de parler. Comment peut-on être si cruel ? pensai-je. Comme j'étais innocent !

— A mon avis, dit un troisième passager, les chasseurs se sont trompés de gibier ; car même s'ils nous volaient, ces pauvres Indiens contribuaient peu ou prou au développement de notre île...

Tout était silencieux dans le taxi. Les passagers écoutaient attentivement l'homme qui venait de prendre la parole.

— ... J'en connais, reprit l'homme, qui s'en font plein la poche alors qu'ils passent tout leur temps à se faire bronzer, à organiser des soirées mondaines par goût d'ostentation, et je ne sais quoi encore ; moi je dis que ceux-là sont vraiment à éliminer car ils sont plus nuisibles qu'une famille de corbeaux dans un champ de maïs. Cela ne leur suffit pas de se cocufier et de s'entre-déchirer, encore faut-il qu'ils mènent à la dérive et à la débauche notre paisible île. Bâtards de bâtardise ! Moi je dis, des gens comme ça, c'est comme le choléra, ça ne devrait pas exister.

Malgré mon jeune âge j'avais compris de quelles gens parlait cet homme, mais c'était la première fois que j'entendais quelqu'un critiquer si durement ceux qui se faisaient passer pour nos bienfaiteurs.

— Ah ! évitons de tomber dans le piège de la généralisation, dit ironiquement quelqu'un dans l'assistance.

— Tu connais le dicton : « un poisson pourri dans une pirogue donne l'impression, par son odeur nauséabonde, que tous les autres le sont aussi » ; un « mzoungou » bien par ici c'est si rare qu'on en vient tout bonnement à croire qu'un « mzoungou » bien ça n'existe pas.

— C'est la pure vérité, ça, acquiesça un homme ; et puis, si un fruit tombe de l'arbre c'est parce qu'il n'est pas bon.

— Ahan ! Et tant qu'on nous enverra des déchets, des nuls, des bons à se faire bronzer, nous les critiquerons, nous les regarderons d'un mauvais œil et nous n'aurons pas de cesse qu'ils n'arrêtent de se foutre de nous. Je sais, pour beaucoup d'entre vous, je ne suis qu'un pauvre schizophrène, mais je ne veux pas sombrer dans le fatalisme comme la plupart de nos compatriotes ; je veux me battre pour que notre île ne soit plus un lieu de débauche, un débarras pour étrangers ratés qui, en plus, ne se prennent pas pour de la merde.

— Mais de quels étrangers tu nous parles là ? demanda quelqu'un sur un ton moqueur.

— C'est simple, par étrangers j'entends tous les non indigènes.

— D'accord, mais prends les « wafarantsa » (les Français), ce ne sont pas des indigènes mais ils ne sont pas pour autant étrangers, ils sont chez eux ici ; et toi si tu vas un jour en France, tu seras aussi chez toi, malgré ton nez épaté, tes cheveux crépus, tes grosses badigoinces et ta peau d'ébène.

La discussion tournait en plaisanterie qui n'était pas du goût de notre homme, car il jura avant de se taire définitivement, non sans dire que ses interlocuteurs avaient avalé la pilule qui rendait fatalement dociles les indigènes.

J'en apprenais des choses, mais la discussion devenait de plus en plus floue pour moi. A mon âge, la politique était synonyme d'abstraction, d'ambiguïté. Point n'était donc besoin d'employer des dictons ou de s'exprimer par des images pour m'embrouiller. Je me désintéressai alors complètement de la suite de la discussion, et je me remis à rêvasser.

Arrivé au village, tous mes compagnons de jeu se regroupèrent autour de moi. Certains me demandaient envieusement de décrire, et en détails, la ville, ou de leur dire si c'était vrai que là-bas on rencontrait partout des « wazoungou » ; à ceux-là je donnai rendez-vous le soir, autour du feu rituel. D'autres voulaient savoir si les épreuves étaient difficiles ou pas, et si ça avait bien marché pour moi ; comme réponse, je leur recommandai d'ouvrir grand leurs oreilles et d'écouter les résultats à la radio dans quelques jours.

Ainsi harcelé à chaque pas, répondant à la vivacité excessive de mes compagnons curieux et non moins envieux, je mis facilement une demi-heure sinon plus pour parcourir les quelques mètres qui séparaient la case de ma mère de l'endroit où l'on m'avait repéré. Je me sentis important, j'oubliai déjà les instants angoissants, stressants, passés loin de tous ceux que j'aimais le plus au monde. Debout devant la porte de sa case, ma mère m'attendait, sourire aux lèvres. Je finis le reste du chemin en courant, et j'atterris dans les bras de ma mère ; elle me serra fort, très fort contre elle, et nous restâmes longtemps ainsi.

Quelques heures plus tard, mon frère se mit à parler de notre séjour en ville. Inévitablement, ma mère commença à poser des questions à propos du concours.

— Bon, eh bien ! moi je vais faire un tour, dis-je.

— Non, il faut que tu me dises d'abord un certain nombre de choses concernant votre voyage, dit ma mère.

Je donnai donc toutes mes impressions sur la ville : le nombre impressionnant de voitures, la beauté des bâtiments, surtout à Dzaoudzi, les dockers crasseux qui dormaient à même le sol tout au bout du wharf, attendant l'arrivée d'un bateau ; en somme je ne fis que débiter des banalités qui n'intéressaient en rien ma mère. J'évitai soigneusement de parler du concours, et chaque fois qu'il en était question, mes réponses devenaient furtives, vagues.

Deux semaines s'étaient écoulées, et toujours pas de résultats. Plus le temps passait, plus je pensais à mon probable échec, et cela m'angoissait terriblement. Pour m'empêcher de trop y penser je passais le plus clair de mon temps à vagabonder dans la nature, à courir après les crabes les nuits au bord de la mer. Mais dès que je rentrais à la maison, j'étais forcé de me rendre à l'évidence. Il y avait comme quelqu'un qui me disait dans une voix occulte que l'heure de vérité approchait et que l'on ne serait pas fier de moi. Chaque nouveau jour était un calvaire pour moi. A force, je devins introverti, surtout à cause de mon frère qui était un peu trop confiant.

Puis un jour un garçon me dit que les résultats allaient être annoncés à la radio dans l'après-midi. C'était vague comme horaire, mais ce devait être pour les responsables leur façon bien à eux de faire durer le plaisir du suspens. Dès treize heures, de petits groupes de villageois se formaient partout sur les vérandas avec au milieu l'oiseau rare : un transistor. Tous ces gens ou presque attendaient pour quelqu'un d'autre car la plupart des candidats soit s'exilaient dans le bois, soit partaient tout simplement à la pêche, deux façons de perdre tout contact avec le village et donc d'échapper momentanément au raffut qui y régnait. Bien évidemment dans ce genre de circonstances, certains candidats en profitaient pour montrer leur courage en écoutant avec tout le monde les résultats ; ainsi espéraient-ils être comblés d'éloges par l'assistance. D'une certaine façon ils tournaient en ridicule ceux qui avaient les nerfs en pelote. Mais il est dit que « qui se moque d'un infirme fait un affront à Dieu, alors celui-là ne peut que pleurer son repentir ». Et parfois, nos courageux et vaillants candidats essuyaient lamentablement un échec ; le choc était alors si terrible, l'humiliation si cuisante, qu'ils couraient s'enfermer dans un placard pour pleurer tout leur saoûl.

J'errais dans le bois. Malgré les piqûres des moustiques, j'y étais resté longtemps. Quand je me décidai à regagner le village la journée tirait déjà à sa fin. Chez moi tout était calme. Ma mère, silencieuse, se tenait en face de ma tante - la mère de l'instituteur qui m'avait obligé à refaire le CM1 un an auparavant. Toutes deux fuyaient mon regard. J'avais tout compris. Dehors j'entendis mon frère chantonner ; il fit son entrée dans la cour en sautillant. A ma vue, il s'arrêta net et se dirigea vers la case maternelle. Je m'apprêtais à m'éloigner quand ma tante commença à me gronder.

— L'échec que tu viens de subir n'est que le fruit de ton goût excessif du jeu, dit-elle.

— ... ?

— Tu n'as peur de personne, continua-t-elle ; on a beau te menacer de te fouetter si tu n'apprends pas tes leçons, ça ne te fait ni chaud ni froid.

Je ne dis rien, par respect, mais je n'avais qu'une seule envie : l'étrangler, après lui avoir dit tout ce que je pensais d'elle et de son fils. Mais à la place, la colère et la déception aidant, je fondis en larmes.

— Ce qui t'intéresse c'est d'aller jouer avec ces éleveurs de chèvres...

— Arrête un peu, dit vivement ma mère ; tu ne vois donc pas que tu martyrises cet enfant. Ce n'est pas parce qu'il a raté ce maudit concours que la vie va s'arrêter pour lui ; tu ne crois pas qu'il est assez déprimé comme ça ? Au lieu de le démoraliser encore plus tu ferais mieux d'aller t'occuper de ton fils qui fait la pluie et le beau temps dans cette école.

Malgré mon chagrin, ma furie, les paroles de ma mère firent briller dans mon for intérieur un brin de lumière. « Ce coup-ci maman ne l'a pas ratée », me dis-je.

— Mon fils ne fait que son travail, répliqua ma tante, toute gênée.

— Ben voyons ! son travail c'est d'obliger sans raison un élève à refaire la même classe alors qu'il avait sa moyenne pour passer en classe supérieure ? Son travail c'est de contraindre cyniquement deux élèves à se fouetter, et plus c'est fort mieux c'est ? Son travail c'est de faire travailler les élèves comme des esclaves chez lui pendant que sa femme se tourne les pouces dans son salon ? Et je peux encore te donner d'autres exemples de ce genre. J'aime autant te dire que ton fils a plutôt de la chance, du fait qu'il n'y ait que des aveugles par ici, sinon il n'aurait pas fait long feu dans ce métier.

A ces mots, ma tante s'en alla, tant il est vrai que la douce vérité est cruelle. Visiblement, ma mère n'avait pas tout vidé de ce qu'il y avait dans son cœur. Elle se leva, secoua nerveusement son pagne, descendit de la véranda, entra dans sa case pour en sortir deux secondes après. Je me réfugiai dans un coin sous une table ; ce fut pendant longtemps mon asile à chaque moment de détresse.

Mon frère, lui, avait réussi. Mais au lieu d'être transporté, sa joie fût plutôt sereine, calme. Je fus étonné par cette attitude, surtout que c'était l'époque où nous ne pouvions rester plus d'une minute ensemble sans que l'un ne trouve un motif pour griffer l'autre. Mais en vérité, malgré nos fréquentes et vives altercations, nous avions l'un pour l'autre une affection discrète, qui ne s'affichait au grand jour que dans les moments douloureux.

Ma mère, elle, ne savait plus à quel saint se vouer. Elle aurait bien aimé fêter la réussite de mon frère, car aussi dérisoire que cela puisse paraître, réussir ce concours était un grand événement qui méritait de joyeuses festivités. Mais comment aurait-elle pu le faire alors que là, à côté, sous la table, il y avait l'enfant malheureux qui avait besoin plus que jamais de la consolation maternelle ? Je pris conscience petit à petit de l'embarras de ma mère, alors je sortis faire un tour ; je ne suis rentré à la maison que très tard dans la nuit.

Le lendemain, ma mère m'invita à aller au champ, rien que nous deux. J'acceptai sans rechigner, tout en me posant des questions sur la nature réelle de cette invitation. En fait, c'était pour me consoler mais en même temps pour me faire gentiment des reproches. C'était pour me faire comprendre pourquoi j'avais raté le concours. Sur le chemin du retour je lui promis de ne plus la décevoir.

Les grandes vacances. Tout le mois qui suivit les résultats du concours j'eus comme compagnons la déception, la tristesse et le regret. J'étais déçu de savoir que certains de mes camarades allaient partir au collège sans moi ; j'étais triste à l'idée de devoir refaire le CM2, donc d'avoir à affronter encore cet instituteur qui me haïssait ; et je regrettais d'avoir déçu ma mère. J'évitais toute compagnie, je restais des heures et des heures calfeutré dans la case de ma mère.

Un jour, un samedi après-midi, ma mère me demanda d'aller chercher des noix de coco à la campagne pour le repas du soir. Je rencontrai sur la plage un homme réputé pour ses idées nationalistes. Il s'appelait Soufou. Il travaillait comme blanchisseur chez des professeurs à Dzaoudzi. En tant que « baco », et boy avec ça, on le traitait à son travail comme une vieille chaussette trouée. Au village, on se méfiait de lui parce qu'il était celui qui ne mâchait pas ses mots quand il était question de Maoré et des « wazoungou » ; pire encore, il passait pour un pro-Comorien, donc quelqu'un qui allait à l'encontre des intérêts de l'île. Bref, c'était, aux yeux de la plupart des villageois, un pur traître. Jusqu'à ce jour je n'avais pas eu sérieusement affaire à lui, mais à mes yeux il était comme tous les autres villageois travaillant en ville, c'est-à-dire un peu prétentieux, un peu arrogant, un peu fier. Je fus surpris quand, cet après-midi, se sentant peut-être trop seul, Soufou me demanda si je voulais qu'il m'accompagne là où j'allais. Je lui dis que ce serait avec plaisir parce que justement j'avais un peu peur de me rendre tout seul à la campagne. Ne sachant pas trop de quoi parler, vu notre différence d'âge, nous commençâmes à échanger des banalités à propos de tout et de rien : des pluies qui se faisaient rares, de la pénurie des ambrevades, des gens qui devenaient de plus en plus égoïstes, d'un tel joueur de foot qui promettait mais dont la vantardise risquait de gâcher le talent. C'était plutôt lui qui parlait, moi j'écoutais. Puis soudain il me demanda à brûle pourpoint :

« Quel effet ça fait de rater le concours d'entrée en sixième ? »

Je restai sans voix pendant un court laps de temps, puis je dis bêtement :

— Euh !... je ne sais pas.

— Ah ! bon, tu ne sais pas, vraiment ?

— Enfin... je veux dire que je me sens plutôt triste, dis-je.

— Eh ! bien, je te souhaite la bienvenue dans ce monde d'injustice, petit, dit-il goguenard.

Je ne voyais pas où il voulait en venir.

— Je ne comprends pas, fis-je.

— Tu vois, si ces « wazoungou » agissaient comme des humains ni toi, ni tous ceux qui ont connu le même sort que toi n'auriez à souffrir d'un tel échec.

— Mais c'est un concours, je l'ai passé et je l'ai raté parce que je n'avais pas assez travaillé ; et puis il y a eu beaucoup d'admis, dis-je innocemment.

— Oui, mais pourquoi ce concours ici, alors que ça n'existe pas en France ?

— Ça, je ne sais pas, répondis-je sincèrement.

— Eh ! bien moi je vais te le dire : ce concours, mon petit, n'est qu'une macabre astuce pour maintenir les indigènes à leur place, c'est-à-dire dans l'ignorance.

— Mais pourquoi ils veulent maintenir l'indigène dans l'ignorance ? Je ne vois pas à quoi ça peut les avancer.

— Parce que l'expérience montre que le peu d'indigènes qui arrivent à percer dans les études prennent conscience de leur misèrable situation et forment alors une sorte d'intelligentsia pour dénoncer l'injustice.

— Et toi, tu es de ceux-là ?

— Non ! Mais ce n'est pas tant le fait d'être un intellectuel qui importe ; je te dirai même que nombreux de nos intellectuels ont vu leur bonne volonté s'effriter à cause de la corruption, conséquence logique de la cupidité. Mais certains, qualifiés de mégalomanes par les « wazoungou », préfèrent baigner dans la boue et être en paix avec eux-mêmes plutôt que de rouler sur l'or et d'avoir l'âme souillée ; ce sont eux nos vrais hommes et c'est sur eux qu'il faut prendre exemple.

Soufou se tut un instant. Nous étions preque arrivés à l'endroit où je devais ramasser les noix de coco. De loin nous parvinrent des cris de makis, le braiement long et persistant d'un âne, des battements d'aile des chiroptères, des roucoulements des pigeons sauvages, et plus près de nous la susurration des moustiques. Soufou s'assit sur un tronc d'arbre, les yeux dans le vague. Je pris place à côté de lui, avec dans ma main quelques branchages en guise de rempart contre un éventuel assaut des moustiques.

— Tu sais, m'sieur, j'avais remarqué que les enfants

des « wazoungou » ne passaient pas le concours, ou, s'ils le passaient, eh ! bien ils le réussissaient tous ; mais il paraît que c'est parce qu'ils sont plus intelligents que nous.

— Foutaises ! Tu vois, c'est l'un des signes évidents que ces « wazoungou » se foutent de nous. Leurs enfants ne passent jamais ce concours parce qu'avant de venir à Maoré, ils avaient déjà dépassé le cap de la sixième, ou encore pour les plus jeunes et les notoirement cancres, ils disent qu'ils redoublent la sixième. Quant à la question de savoir s'ils sont plus intelligents que toi, tu n'as pas à te soucier de cette bêtise éhontée. Ces « wazoungou » se croient plus intelligents que nous, mais c'est parce qu'ils sont bourrés de complexe de supériorité. Sans nous, ils seraient totalement perdus, et je sais de quoi je parle.

— Et pourquoi ce concours d'après toi déjà ?

— Eh bien en fait, les hauts responsables de l'enseignement, c'est-à-dire les « wazoungou », avancent la thèse du manque de place ou des sottises de ce genre ; mais la vraie raison c'est qu'ils ne veulent pas que toi tu ailles de l'avant, ils n'ont pas envie de perdre leur place à cause d'un Nègre plus instruit qu'eux.

— Mais c'est pas juste !

— Ce mot « juste » ne doit pas exister dans leur langage ; leur conduite est dictée par des lois elles-mêmes injustes et amorales. Ce sont des gens qui vivent leur Paradis ici-bas, ils vont tous brûler en Enfer.

— Pourquoi alors nous acceptons tout ça ?

Oh ! tu ne peux pas comprendre.

— Pourquoi ?

— Parce que tu es trop jeune ; tu as quel âge ?

— J'ai environ dix ans ; je suis né la même année que Poupée, Anzi et Vi. Je peux peut-être comprendre, si tu m'expliques.

— Ce serait trop long à expliquer.

— Mais je ne suis pas pressé.

Tout ce que cet homme me raconta m'intriguait, et je voulais en savoir davantage. Les histoires de mon grand-père sur notre condition d'indigène m'intéressaient aussi, mais avaient pour moi un aspect plus légendaire que réel ;

de fait, leur impact sur moi était bien moindre que ce que Soufou me racontait maintenant.

— Alors je vais te raconter une histoire, dit Soufou. Tu vois, notre démêlé aujourd'hui avec nos frères Comoriens a commencé depuis environ une vingtaine d'années, lorsque Saïd Mohamed Cheick décida de transférer la capitale de Dzaoudzi à Moroni...

— J'entends souvent les gens parler de cet homme ; ma mère m'a raconté qu'il fut même accueilli à coups de pierres à Dzaoudzi par une bande de femmes, dis-je, tout fier d'étaler mes maigres connaissances sur la question.

— C'était un grand homme, ce Saïd Mohamed Cheick, quoique un peu autoritaire... fit Soufou.

Et il partit dans une longue diatribe contre tous ces Maorais devenus des lèche-bottes, contre certains autres, utilisant leur pouvoir pour s'en mettre plein les poches, contre certains immigrés tenant les rênes du pouvoir et plaidant avec passion la cause de la France, contre le paternalisme vexant et vexatoire de certains « wazoungou », contre l'évolution vers la ploutocratie de notre île. J'écoutais copieusement, même si beaucoup de choses m'échappaient complètement. Et c'est ainsi que j'appris pourquoi l'année précédente, un référendum avait suscité une vague de protestations et avait engendré la violence dans l'île.

— Tu avais suivi le déroulement du référendum de l'année dernière ? me demanda Soufou.

— Pas vraiment ! Tu sais, moi, je ne comprends rien à rien à la politique.

— Eh bien le but du référendum, c'était de demander aux Comoriens s'ils voulaient devenir indépendants ou s'ils souhaitaient rester français entièrement à part ; à l'origine, étant donné que l'unité culturelle, ethnique et religieuse des Comores est incontestable, on devait consulter la population globalement. Mais la soif de liberté des Comoriens a été telle que la France réalisa à quel point sa présence dans cette partie du monde devenait précaire ; alors, ne voulant plus des conflits dans ses colonies, la France commença à brouiller génialement les cartes. L'année dernière une majorité écrasante de Comoriens s'est prononcée en faveur de l'indépendance, mais la France n'en tint pas compte, sous prétexte que la majorité de Maorais souhaite rester au sein de la République française.

— Mais comment tu sais tout ça, toi ?

— Dans mon boulot, j'écoute d'une oreille les discussions de mes patrons ; mon cousin chez qui je loge en ville est très au courant de toutes ces histoires, et puis je m'intéresse beaucoup à la politique.

— Qu'est-ce qui va se passer alors maintenant ?

— Dieu seul, et les « wazoungou » le savent, mais il paraît qu'un référendum sera organisé l'année prochaine, à Maoré seulement.

— C'est très intéressant tout ça, vraiment, mais je ne vois pas bien le rapport avec le concours d'entrée en sixième.

— Il n'y a pas de lien direct entre le concours et notre démêlé avec les Comoriens, si tu veux ; mais ces deux événements ont un point commun : la présence des « wazoungou » chez nous.

— Tu aimerais qu'ils partent chez eux ?

— Pas nécessairement. Tu vois, ta réaction est exactement la même que tous les « wazoungou » indirectement concernés par ces problèmes, mais c'est parce que tu n'es pas au courant de ce qui se passe réellement ici ; ta vision des choses se limite aux propos élogieux des hommes politiques indigènes sur les « wazoungou ». On ne m'aime pas au village parce que j'ai une tout autre vision. Si jamais j'avais l'occasion de discuter de ces choses-là avec un « mzoungou », je suis sûr qu'il serait amené à reconnaître que sa conduite ressemble à s'y méprendre à celle des colons notoires du bon vieux temps ; bien sûr, il se refusera à me l'avouer parce que le faire revient à condamner sa présence ici. Dans le meilleur des cas, si sa situation de privilégié ne l'a pas complètement pourri, ce « m'zoungou » se taira, même s'il doit être perpétuellement en conflit avec lui-même ; dans le cas contraire, il verra en moi un élément dangereux, il jugera mes propos scandaleux, calomnieux ; et pour soulager sa conscience douteuse, il me dira tout haut que s'il est ici c'est parce que nous avons besoin de ses services, qu'après tout Maoré fait partie de la France et que le mot colonisation n'est qu'un terme générique dépassé et déjà paléontologique. Mais s'il veut bien grand'ouvrir les yeux pour voir dans quelle misère vit l'indigène et dans quelle opulence il nage lui, s'il veut bien reconnaître que les élites indigènes occupent généralement les postes subalternes, s'il veut bien enfin comparer ses avantages à ceux de ses collègues indigènes, il s'apercevra - ne lui en déplaise - que je n'exagère en rien lorsque je le traite de colon. Et tout cela, mon garçon, pour l'indigène consciencieux, n'est pas une découverte à faire quand grisonnent les cheveux.

Comme depuis le début de notre discussion, j'écoutais sérieusement, mais j'avais de plus en plus de mal à suivre les explications de mon compagnon.

— C'est quoi un colon ? demandai-je.

— En général, c'est un moins que rien chez lui mais directeur et patron de tout et de rien dans les colonies ; c'est un « m'zoungou » qui a quitté la Métropole dans l'espoir d'assouvir sa cupidité à l'étranger, dans les pays peu développés ; c'est quelqu'un de très dangereux car prêt à tout pour arriver à ses fins, s'il lui faut tuer pour prendre les rênes d'une affaire il n'hésitera pas une seconde à le faire. Un colon se prend pour Dieu le père dans les colonies, c'est une sorte de revanche personnelle sur le minable homme qu'il a été en Métropole.

— Tu crois que les « wazoungou » d'ici sont comme ça ?

— Pas tous, bien sûr, mais la plupart d'entre eux agissent effectivement comme le colon que je viens de décrire. Prenons l'exemple de l'enseignement secondaire ; je t'ai dit que les « wazoungou » se débattaient ici contre l'intellectualisation de l'indigène...

— Ahan !

— ... eh ! bien, je sais de quoi je parle parce que mon garçon, que tu connais, est au collège depuis longtemps déjà.

— Oui, alors ?

— Tout au long de sa scolarité secondaire il n'a pas

manqué de remarquer ce combat acharné mais discret mené contre lui et les siens ; je comprends du reste le mobile de ce combat.

— Et c'est quoi ?

— Si la voix de l'intelligentsia indigène non corrompue se fait de plus en plus pressante, la Métropole finira bien par faire un geste, c'est-à-dire atténuer quelque peu la flagrance des avantages dont bénéficient les « wazoungou », ou pire encore décréter l'égalité de traitement entre « wazoungou » et « baco ». Il est donc dans l'intérêt des « wazoungou » de veiller à ce que l'indigène reste toujours le grand enfant docile à qui l'on peut tout faire avaler, même sa propre misère. Et la meilleure façon pour eux d'y parvenir sans que le scandale ne soit trop flagrant, c'est de bloquer dès le départ la machine, d'où l'idée du concours...

Le soleil avait disparu derrière une forêt de mangroves. Un vent léger caressait nos visages. De notre retraite nous entendions le déferlement paisible des vaguelettes sur la plage. Les premières lueurs du couchant envahissaient peu à peu la mer. Il était temps d'apporter à ma mère ses noix de coco mais cet homme m'apprenait tellement de choses intéressantes et importantes que je n'eus pas le courage de l'interrompre pour rentrer au village. Je me demandai pourquoi il avait choisi l'ignare que j'étais comme confident ou en tout cas comme quelqu'un à qui il pouvait avouer toute sa haine pour les « wazoungou ». Je me sentis du coup gonflé d'une fierté inestimable, et j'espérais contre tout espoir que plus tard je serais le même genre d'homme que lui.

— ... et ils n'en resteront pas là, continua Soufou ; loin d'être stupides comme le laisse penser leur complexe de supériorité, ils savent pertinemment avec quelle hargne se bat l'indigène pour réussir, une fois le premier barrage franchi. Dès lors, ils se donnent toute liberté de manœuvres peu scrupuleuses et non moins machiavéliques durant toute la scolarité secondaire : CAP sans aucune issue au niveau de cinquième, conseils d'orientation au niveau de troisième, prenant vite l'allure de conseils de désorientation, et je ne sais quoi encore ; ça fait beaucoup, non, pour un seul homme ? fit-il, goguenard.

— Je ne sais pas, répondis-je stupidement.

— Mais bien sûr que tu ne sais pas... ils veulent faire croire au monde entier, y compris nous, que nous sommes oisifs et stupides. « Ah ! mais vous savez, sans nous ces gens-là seraient complètement perdus ; ce sont de grands enfants à qui il faut tendre la main pour les aider à trouver leur chemin dans cet obscur labyrinthe qu'est la civilisation moderne », disent-ils entre eux. Oisifs, c'est vrai, nous le sommes mais c'est parce qu'il n'est jamais stimulant de devoir travailler la vie durant pour quelqu'un dont l'estime pour toi n'a d'égale que son mépris pour ta race... mais je crois qu'il est temps maintenant de rentrer au village, ta mère a besoin des noix de coco pour te préparer à affronter l'arrogance des « wazoungou », fit-il en riant.

— Oui... est-ce que tu me parleras encore de ces choses-là une autre fois ? demandai-je.

— Il faut que tu fasses attention, tu sais que je suis honni par presque tout le monde au village.

— Je me fous de ça, je suis vacciné.

— Les gens disent que tu es un garçon intelligent, je vois qu'ils n'ont pas tort, fit-il en me pinçant une joue.

— Oh ! merci, mais si j'étais si intelligent que ça, je n'aurais pas raté lamentablement le concours.

— Si cela peut te consoler, ton échec n'a rien à voir avec ton intelligence, et puis cesse de douter de tes capacités intellectuelles car c'est ainsi que nous mandatons la suffisance des « wazoungou ».

Sur le chemin du retour nous restâmes silencieux. De temps à autre Soufou donnait un coup de pied dans le sable, juste comme ça. En quelques heures j'avais appris plus de choses sur nos rapports avec les « wazoungou » que j'en aurais appris des années durant dans nos manuels d'histoire. D'ailleurs, j'avais remarqué que tous les manuels d'histoire que j'avais eu l'occasion de feuilleter ne traitaient jamais ce problème.

Jamais il ne m'était venu à l'esprit, lors de notre discussion, de me demander si parfois Soufou exagérait sur certaines choses. Pour moi, il devait bien savoir de quoi il parlait puisqu'il côtoyait quotidiennement les « wazoungou » ; il préparait leur repas, il lavait leur linge sale, il entretenait leur maison, bref, il les connaissait mieux que quiconque. Pour ce qui était de la politique, il m'avait expliqué comment il avait acquis ses connaissances en la matière. Il n'y avait aucun doute pour moi, tout ce qu'il venait de me dire c'était la vérité, et j'y croyais d'autant plus que certains aspects de son discours faisaient effectivement partie de ma vie quotidienne, moi le petit broussard du fin fond de la brousse maoraise. Lorsque nous fûmes arrivés devant la case de ma mère, Soufou prit congé de moi, non sans promettre de me raconter la suite une autre fois. Je brûlais d'impatience !

CHAPITRE VIII

Je réussis le concours l'année suivante, sans grande peine. La sélection avait été moins diabolique que d'habitude, et du coup le nombre d'admis avait presque doublé. Alors, brusque sympathie pour l'indigène ? Accessit pour un peuple qui a docilement accepté le destin tracé pour lui par le porteur de civilisation ? Ou simple caprice, tant il est vrai que l'humeur des « wazoungou » est changeante sous les tropiques ? Toutes ces questions se faisaient jour d'une façon tatillonne dans ma tête. Je fréquentais Soufou de plus en plus ouvertement. Il était devenu en quelque sorte mon Sage et mon confesseur. Si je ne faisais pas appel à Rastami - un autre Sage du village, du moins pour les enfants - pour élucider des questions obscures sur ma vie quotidienne, je m'adressais à lui.

Quelques jours après mes résultats, Soufou revint au village pour passer le week-end, comme il en avait l'habitude. Je partis aussitôt chez lui, et je lui fis part de mon étonnement sur le nombre exceptionnellement élevé des admis. Après m'avoir félicité, il entra sans plus tarder dans le vif du sujet.

— Ne te fais pas d'illusion quant à la bonté de ces gens. Cette aubaine dont tu es bénéficiaire - et j'en suis content pour toi - n'est rien d'autre qu'une vulgaire démagogie politicienne, une ignoble tartufferie dont le but est d'adoucir le climat électrique qui règne dans l'archipel.

— Je ne comprends pas, dis-je.

— Eh bien ! L'indépendance a été proclamée aux Comores l'année dernière, sans Maoré.

— Ça, je le sais.

— Alors les dirigeants comoriens n'ont de cesse de réclamer la quatrième patte qui manque à la vache, et il va sans dire qu'ils voient d'un mauvais œil cette balkanisation de l'archipel. Il est donc dans l'intérêt des « wazoungou » de se montrer plus complaisants que jamais. C'est que ces gens-là savent s'y prendre pour mater leurs sujets.

Je bénéficiai donc de cette mascarade de bienveillance. Le temps était venu pour moi de partir au collège. Cela signifiait un autre souci pour ma mère de joindre les deux bouts pour constituer mon trousseau. Mais mis à part cela, elle était anxieuse parce qu'elle n'avait nullement envie de me laisser partir là-bas si loin d'elle, moi son petit bébé si insolent à l'égard de mes aînés. Qui plus est, elle avait entendu dire que là-bas chacun allait sa vie ; qu'il y avait les anciens qui extorquaient impunément fournitures scolaires et argent aux nouveaux ; que l'internat se trouvait à deux pas du camp des légionnaires, ces brutes qui s'entretuaient chaque samedi soir. Tout cela ne la rassurait guère. Il a fallu une diplomatie bien calculée de la part de mes deux frère aînés pour qu'elle consente à me laisser partir, mi-rassurée, mi-inquiète, comme toute maman obligée de se séparer d'un enfant peu ou prou effronté.

La veille de mon départ, mon attitude fut des plus controversées. Je me sentais à la fois mal à l'aise et heureux. Mal à l'aise parce que je devais quitter subitement tout ce petit monde : ma mère, mes sœurs, mes compagnons de jeux, ma brousse. Je sentis naître en moi un sentiment de culpabilité, de lâcheté, de trahison, d'ingratitude. Mais en même temps j'étais heureux car j'étais désormais collégien. Ah ! ce titre tant chéri par les villageois. Dites à n'importe qui dans le village que vous êtes collégien, vous aurez droit à toutes les louanges ; dites aux filles du village que vous êtes collégien, elles vous ouvriront grand leur cœur et vous permettront d'explorer à volonté leur corps ; racontez des âneries à vos compagnons de jeu, parce que vous êtes collégien, jamais ils ne mettront en doute vos paroles, fussent-elles abracadabrantes. Eh oui, être collégien voulait dire que vous étiez différent de ceux qui n'avaient pas encore atteint ce niveau - et peut-être ne l'atteindraient jamais. Et différent dans le sens de supérieur car à l'époque, l'école n'étant pas obligatoire, un collégien ne courait pas les rues dans un petit village. Quand on avait eu la chance d'arriver jusque-là, on était considéré tout simplement comme l'intellectuel du coin. Cela explique peut-être le niveau particulièrement médiocre de l'enseignement primaire et secondaire de l'époque, et le fait - exceptionnel en son genre - que mon maître en première année de cours préparatoire (CP1) avait fini ses études en deuxième année de cours moyen (CM2). Renversant, non ? Pris donc dans ce contexte-là, il y avait vraiment de quoi être fier quand on était collégien.

Je dormis mal ce soir-là. Les quelques heures qui me restaient à passer dans le berceau familial me parurent interminables. Pourtant, pour rien au monde je n'aurais voulu quitter ma mère. Alors, simple délire de mon imagination à ce que pouvait être la vie d'un collégien ? Ou vif désir de devenir sans plus attendre quelqu'un ? Toujours est-il que la nuit me parut longue, très longue. Et dès l'aube, quand les coqs eurent fini de chanter pour la troisième fois, j'étais déjà debout. Mon trousseau, maigrement constitué mais soigneusement rangé, m'attendait. A cette heure matinale, ma mère se mit à préparer un copieux repas. Et malgré l'odeur de la sauce, qui embaumait tout le quartier, je n'avais nullement faim. Trois émotions pouvaient me mettre en pareil état : la trouille, la tristesse et la jubilation. Dans ce cas précis je ne saurais dire laquelle des trois l'emportait. Je m'efforçai quand même de manger de peur de décevoir ma mère. Le repas avait l'air succulent mais fade à mon goût, à cause peut-être de l'émotion. Quand j'eus fini d'avaler quelques cuillerées, je partis faire mes adieux aux autres chefs de la famille afin que la bénédiction soit complète. Tel était l'usage avant chaque voyage jugé important. Je faisais fi de cette pratique, et cela pour deux raisons : d'abord parce qu'avec nos bonnes et grandes familles africaines, cela voulait dire prévoir une heure ou deux avant le départ pour écouter des conseils à n'en plus finir ; ensuite parce que ces adieux étaient parfois mal accueillis, par simple jalousie.

Quand je revins auprès de ma mère, il était presque temps de partir. Elle eut juste le temps d'effectuer son geste rituel d'adieu : elle récita un verset coranique, après quoi elle souffla par-dessus ma tête. Ainsi Dieu viendrait-il à mon secours chaque fois que je serais en difficultés. Sur ce, je pris la route pour Dzaoudzi.

Durant un bon moment, amis, parents, curieux m'escortèrent. Ils étaient tous là pour me fêter, ils étaient venus me dire adieu le plus naturellement du monde. Je quittai donc M'zoisia pour longtemps.

Comme les moyens de transport étaient encore à l'état primitif, je partis assez tôt. Au fur et à mesure que le village s'éloignait de notre vue, le cortège se rétrécissait. Mais chaque fois que quelqu'un prenait congé de nous, il ne manquait pas de me serrer la main en me souhaitant bonne chance et bonne réussite. Ce fut dans cette ambiance de courtoisie que j'arrivai au village célèbre par ses moyens de transport, les pirogues à voile : Hagnoudrou. Là aussi commençait le vrai calvaire de mon voyage. Car à l'aube du 21e siècle, les gens ignoraient encore ce qu'était une voiture dans cette partie de la France. Je dus me contenter par conséquent des moyens du bord. Et pour commencer je pris la pirogue à voile. Petit à petit ceux qui m'avaient accompagné si gentiment jusque-là devenaient de minuscules points noirs au milieu de la plage. Livré maintenant à moi-même je songeais à quel point M'zoisia et ses habitants allaient me manquer. Comme pour échapper à la dure réalité je me laissai bercer par le tangage de la pirogue au milieu de cet océan capricieux et imprévisible. O mon île, ô soleil, paradis entre mer et ciel... !

Quand je suis arrivé à l'internat, le soleil avait parcouru presque les trois quarts de son chemin. Avec mes bagages sous les bras, l'air stupide comme tout « m'matsaha » (broussard) fraîchement débarqué en ville, je choisis un coin pour suivre le déroulement des événements. Les « Anciens » s'aventuraient dans des endroits lugubres, probablement pour montrer que la ville leur était aussi familière que le fond de leur poche. Les nouveaux, qu'on appelait péjorativement « lapons », étaient si perdus que l'on pouvait lire dans leur regard tout le désespoir du monde. Mais tous, anciens comme nouveaux, nous attendions impatiemment l'ordre de nous rendre au dortoir. Les surveillants naviguaient du réfectoire au dortoir ; eux aussi attendaient l'ordre du Principal pour ouvrir les portes de ce dortoir, baptisé par les internes « prison sans barreaux ». Et pendant ce temps, le Principal devait sûrement se prélasser dans son hamac suspendu sous la véranda de sa grandiose villa. L'attente fut longue et pénible. Vers six heures, une 2 CV grotesque entra dans la cour en pétaradant : c'était le Principal, un homme long de stature, large de carrure. Au milieu de sa figure était planté un gros nez ; ses grandes oreilles donnaient l'impression qu'il n'avait rien sur le caillou. Il échangea quelques mots avec les surveillants, fit un tour au réfectoire et à la cuisine, puis revint vers le tas de ferraille qui lui servait de voiture, accompagné du surveillant général. Après une brève discussion ou plutôt après avoir donné ses instructions, il s'affaissa dans sa voiture, laquelle fit entendre une dernière pétarade avant de disparaître.

Daoudzi commençait à plonger dans le noir, mais il était encore trop tôt pour allumer les lampadaires. Un coup de sifflet retentit : nous pouvions enfin aller au dortoir. Les chambres étaient raisonnablement rangées, mais le matériel était aussi vieux que le monde. Faute de place, les lits étaient superposés, si bien que des énergumènes malintentionnés marchaient des fois sur la tête de ceux qui dormaient en dessous ; ou encore on tombait du lit parce qu'on rêvait qu'on était gardien de but. Il n'y avait pas assez de place et une telle carence créait bien des problèmes. En effet, il y avait une armoire pour au moins trois internes ; en général, on s'arrangeait entre internes de même village pour occuper la même armoire. Malheureusement ce n'était pas toujours le cas, et deux ou trois individus se trouvaient dans l'obligation de partager la même armoire alors qu'ils se voyaient pour la première fois. Parfois, cela créait des liens d'amitié, une amitié sincère et durable, mais souvent, comme on ne savait pas sur qui on était tombé, la méfiance s'imposait, ce qui n'allait pas sans poser de problèmes. Et c'est souvent que les surveillants fouillaient toutes les armoires parce qu'un vol a été commis, et la façon dont cela se passait était tout simplement révoltante : c'est qu'il ne manquait pas de crétins cyniques parmi les surveillants.

A cette carence d'armoires venait s'ajouter la pénurie d'eau, phénomène tout de même bizarre dans une île où la pluie ne faisait pas vraiment défaut, même en saison sèche. En fait, l'eau était plutôt abondante, c'est la robinetterie qui était pour ainsi dire archaïque, donc souvent hors service. Sur une vingtaine de robinets une dizaine seulement était en bon état et nous étions une centaine. Il y avait en tout et pour tout une demi-douzaine de salles de douche et cinq waters, le tout alimenté par un bassin grossièrement couvert d'un grillage et où une multitude de lézards crevés gisaient en paix. C'était à chaque fois la pagaille lorsqu'on voulait prendre une douche, ou faire sa toilette ou encore se soulager tout simplement. Une fois même, un Ancien se prit une bouteille sur la tête parce que, trop pressé de se soulager, il voulut prendre la place d'un « lapon ». Ainsi était notre vie à l'internat, et bon gré mal gré nous l'acceptions.

Par un de ces après-midi monotones je méditais dans un coin sur les conditions de vie déplorables à l'internat. Un Ancien, un élève de seconde, s'approcha de moi ; je lui fis part de ma déception dans l'espoir qu'il me dirait quelque chose qui me remonterait le moral. Tout en dépoussiérant un coin pour s'asseoir il me dit :

« Si un peuple souffre de carences, dans tous les domaines et cela durant des années, il finit par apprendre à se "débrouiller" car il faut malgré tout survivre ; en d'autres termes, ce peuple s'adapte à toutes les situations, fussent-elles horribles, et sombre peu à peu dans le fatalisme, se disant que de toute façon sa voix n'est qu'un pet face à un grondement de tonnerre, alors à quoi bon essayer de crier. Et cela est vrai et le restera aussi longtemps que durera un certain paternalisme vexant et vexatoire, dont le seul but est d'enkyster le peuple qu'il domine ». Les joueurs de cartes qui s'asticotaient amicalement à côté de nous partirent d'un énorme éclat de rire : une équipe venait de subir un humiliant « capoté » (l'autre équipe avait raflé tous les points).

— ... Mais s'adapter, continua Mansour -c'était le nom de l'Ancien-, ne veut pas dire oublier ou accepter ».

Je devais donc m'accomoder moi aussi au système de la « débrouille ». Ainsi, pour éviter les inutiles querelles suscitées par l'obligation de faire la queue, j'allais comme bon nombre d'internes puiser l'eau à même le bassin, je partais satisfaire mes besoins naturels là-bas derrière les rochers, je vidais les écluses de chasse pour faire ma toilette ; régime que même les prisonniers, pensai-je, ne risquaient pas de connaître.

Qui donc, voyant le mode de vie de ces indigènes, futures forces vives de la nation, eût cru qu'ils appartenaient à une grande nation développée et civilisée ? Qui aurait donné sa tête à couper que la gestion de cet établissement était assurée par des hommes responsables et intègres ? Qui pouvait penser qu'un jour ces internes porteraient dans leur cœur cette nation, seule responsable de leurs carences ? Et pourtant...

Mes conversations répétées avec Soufou avaient fait tâche d'huile sur ma façon de percevoir la vie. Tous les constats que je faisais d'une façon tout à fait innocente sur le contraste saisissant de la situation socio-économique des « wazoungou » et des « baco », et qui jusque-là dormaient dans mon subconscient, commençaient à émerger. Je tenais moi aussi pour responsable de notre misère, de la pauvreté endémique de la grande majorité des « baco », les « wazoungou » et leurs acolytes « baco ». La moindre injustice avait sur moi un effet de plus en plus intolérable. La vie misérable que nous menions à l'internat avait fait naître en moi une amertume frustrante.

Une fois propres nous pensions à nous nourrir. Là aussi, encore et toujours, il fallait faire la queue. L'éternel problème. Mais ici ce n'était pas tant le fait de faire la queue en soi qui posait problème, c'étaient les caprices des surveillants. En effet, avant d'entrer dans le réfectoire, nous devions nous mettre en rang dans la cour, suivant un ordre bien déterminé : les grands devant, les petits derrière. Jusque-là tout se passait plutôt bien ; mais là où les choses se gâtaient c'est lorsque le surveillant, parce qu'un garçon avait eu la veille une prise de bec avec lui, ou tout simplement parce que la tête d'un élève ne lui revenait pas, obligeait cet élève à recommencer la queue alors que le pauvre était à deux pas de l'entrée. Et si c'était au garçon de faire ce jour-là la « corvée », aucun de ses camarades de table ne daignait la faire à sa place, sauf si parmi eux se trouvait un de ses frères ou un quelconque autre parent. Ah ! la « corvée », un autre fléau de cette vie précaire que nous menions dans cette « prison sans barreaux ».

Au réfectoire le repas n'était pas servi à table, il fallait aller chercher les plats dans la cuisine. Chaque table étant occupée par huit internes, les récipients étaient remplis en conséquence. Habitués au régime de la « débrouille », nous avions mis au point un système qui rappelait à bien des égards les institutions de nos anciennes sociétés tribales : à tour de rôle chaque interne devait servir ses sept camarades, et cela pour toute la journée. Bien sûr, nous aurions bien aimé être dispensés de cette tâche surtout à midi, l'heure à laquelle l'estomac, par des borborygmes incessants, ne cessait de crier famine. Mais c'était surtout le matin que ce système de « corvée » était vraiment contraignant. Les cuisiniers faisaient chauffer le thé dans une grande marmite tôt le matin ; après avoir vidé le contenu dans des pots dont le nombre était proportionnel aux tables qui meublaient le réfectoire, ils les laissaient dans la cuisine, sur une grande table, et c'était à nous d'aller les chercher. Le contenu de chaque pot était juste suffisant pour cinq personnes, alors une véritable poursuite s'engageait car il fallait aller vite vider le premier pot et revenir tout aussi vite en remplir un deuxième. On peut penser que tout cela pouvait se passer sans le moindre imbroglio, seulement voilà : il n'y avait pas assez de thé pour que chaque table ait eu un deuxième pot. Les serveurs étaient donc obligés de se livrer un combat sans merci, se battant becs et ongles, se brûlant les doigts, transpirant, perdant leur souffle.

Bref, ils se débrouillaient pour que leurs camarades pussent simplement prendre leur petit déjeuner. Si vous étiez en service et que par négligence vous arriviez après le combat, donc obligé de vous contenter du pot « réglementaire », le lendemain votre bol était pour ainsi dire vide. Celui qui ne se battait pas pour servir convenablement ses camarades était mal servi, en guise de leçon. C'est ce qui poussa un jour un garçon, devant son bol presque vide, à demander prosaïquement à ses camarades silencieux ceci : « comment se fait-il que vos bols soient pleins et pas le mien ? ». Souvent aussi, il suffisait qu'un serveur commette une erreur d'appréciation pour que quelqu'un s'estimât victime d'une injustice. Chacun regardait soigneusement combien de morceaux de viande ou de poisson on avait mis dans son assiette, de façon à rendre coup pour coup lorsque ce sera à lui de servir. La moindre partialité -fût elle involontaire-ne pouvait passer inaperçue. C'est ainsi que l'on assistait souvent à des règlements de compte ridicules, absurdes, et tout cela parce que la nourriture était juste suffisante pour certains et carrément insuffisante pour d'autres. Les nuits, nombreux étaient ceux qui, restés sur leur faim, se rendaient à la cuisine dans l'espoir de trouver de quoi apaiser leur faim endémique. Raclant le fond des marmites, tels des clochards fouillant une poubelle, ils remplissaient de « mahohos » ce qui leur servait d'assiette. Il m'arrivait des fois d'assister à ce spectacle douloureux sans y prendre part d'abord parce que je trouvais la nourriture franchement dégueulasse, et puis, heureusement pour moi, je n'avais pas un gros appétit.

Quel est donc ce pays qui, au lieu de s'occuper de la misère de ses populations, se permet de s'ériger ostensiblement en moraliste à l'égard des affaires des autres ? Quel est donc ce pays qui, tout en faisant avec beaucoup de publicité des dons aux pauvres de l'humanité, n'est même pas capable de s'occuper de ses propres malheureux ? me demandais-je chaque fois que j'apprenais que la mère-patrie, par sa générosité, avait sauvé tant de vies humaines , et à chaque fois me venait à l'esprit ce dicton : « Avant de critiquer son voisin pour l'état insalubre de sa demeure, il faut d'abord songer à balayer devant sa porte ».

De toutes les âneries dont je fus témoin à l'internat, une seule m'amusait vraiment mais provoquait parfois des incidents. Tous les soirs, après les heures d'études, nous nous rendions au dortoir. Claustrés dans ce bâtiment, nous contemplions le paysage merveilleux de Dzaoudzi à travers les fenêtres en attendant l'extinction des lumières. Malheur alors à ceux ou celles qui passaient devant nous ! Nous chariions tout le monde, mais les principales cibles de nos lazzis étaient la gent péripatéticienne. Ces dernières avaient la fâcheuse habitude de rôder aux alentours, allant même parfois jusqu'à aborder de façon cavalière de pauvres internes se rendant aux lieux d'aisance. C'est que non loin de notre dortoir se trouvait le camp de leurs principaux clients : les légionnaires. Pour nous, jeunes broussards puritains, ces femmes n'étaient bonnes qu'à faire des choses dégueulasses, et le fait que leur métier soit honni par notre société corroborait notre opinion. En les arrosant donc d'insultes nous espérions sinon les pousser à renoncer à leur métier, du moins les rendre un peu plus pudiques que d'habitude. Mais c'était peine perdue. Dès le coucher du soleil ces créatures de Satan se ruaient vers Dzaoudzi, caquetant, jacassant. Leur quartier général était la fameuse « place de France », située en plein cœur de la ville, à quelques pas de notre dortoir.

Assises là, elles attendaient tout excitées qu'un quelconque client -c'est du moins ce que racontaient les plus grands d'entre nous- vienne demander à explorer leur mont de Vénus ; elles paraissaient impatientes de sentir un pieu pénétrer jusqu'au fin fond de leur être ; elles avaient hâte de sentir un bain chaud inonder l'intérieur de leur corps ; elles voulaient sans trop attendre toucher leur salaire de misère. Beaucoup d'entre elles n'étaient pas maoraises. Originaires soit des îles voisines, soit de Madagascar, elles se trouvaient là, animées toutes par la même ambition : faire fortune. Elles le disaient sans ambages, comme pour décharger leur conscience. Mais au-delà de cette ambition honnie par notre religion, il y avait aussi pour certaines la curiosité de coïter avec un « m'zoungou » ; et là, toujours d'après les internes adultes, on retrouvait le dilemne d'un tel accouplement : l'un, faute de mieux, satisfaisait ses pulsions sexuelles sans vraiment éprouver un réel plaisir, l'autre, au point de vomir en pratiquant la fellation, tirait de ce rapport une sorte de fierté car elle, la négresse, avait couché avec cet être supérieur. Après quoi, l'un payait son dû, honteux, le cœur plein de dégoût mais malgré tout soulagé, et l'autre partait avec son salaire, discrètement fière, mais ne manquait pas de raconter à ses intimes que le « m'zoungou » sent le cadavre pendant les ébats amoureux.

Des Maoraises, il y en avait dans le tas mais très peu, car c'était un métier peu répandu dans l'île à l'époque et considéré comme une malédiction. Un Maorais fréquentait-il cette vermine, il profanait sa religion et était considéré comme souillé à jamais. C'est la raison pour laquelle la clientèle était exclusivement composée de « wazoungou ». Cependant, je voyais souvent des internes adultes regarder avidement ces femmes en jurant que si jamais ils avaient de quoi payer ils passeraient outre la religion ; pour eux c'était l'occasion rêvée de faire tout ce qu'il ne convenait pas de faire dans une relation peu ou prou légitime, et donc de tromper momentanément la monotonie qui régissait la vie d'un couple. Et puis, la façon même dont ces femmes marchaient déclenchait chez eux un profond désir. « Ces femmes portent le diable en elles », concluaient-t-ils en désespoir de cause, avec une moue de dédain.

Par un de ces soirs paisibles nous commîmes une belle gaffe, à force d'agresser verbalement tout le monde. Dehors, tout était silencieux. La pluie avait chassé de la « place de France » ses habitués. De temps à autre un taxi passait devant l'internat, contournait lentement la place et repartait d'où il venait. Perchés comme de coutume sur les fenêtres, nous bavardions, les yeux rivés sur la rue déserte. Une femme, promenant son chien, passait dans la rue en toute sérénité. Quand elle fut à la hauteur d'un cocotier qui se trouvait juste devant nous, tout le monde se mit à siffler ; certains disaient même des gros mots pour décrire son derrière qui, il est vrai, était bien large. Embarrassée, la femme accéléra l'allure et faillit se prendre les pieds dans son pagne. Nous n'arrêtâmes nos sarcasmes que lorsqu'elle fut hors de notre vue, contents de ce spectacle qui venait de tromper notre cafard chronique. Bientôt, nous devions prendre conscience de notre gaffe : le mari de l'offensée -un auxiliaire gendarme-, fou de rage, se dirigea vers nous en pestant. Pris de peur, tels des escargots rentrant dans leur coquille, nous regagnâmes nos lits. Le raffût habituel qui régnait dans le dortoir à cette heure se transforma en un silence de deuil. Au dehors nous pouvions entendre le surveillant en service qui essayait de raisonner le gendarme. Ce dernier, après un assez long moment, finit par se calmer et accepta de rentrer chez lui, non sans avertir que si nous venions à récidiver il irait s'expliquer directement avec le Principal. Les quelques prostituées qui rôdaient dans le coin se réjouissaient de l'incident, elles pensaient que cela nous calmerait ; mais c'était mal nous connaître !

Quelques jours plus tard, un samedi soir, dans l'une des ambiances pétulantes dont Dzaoudzi était coutumière, un autre incident se produisit dans les locaux de l'Alliance Française. Cette organisation avait l'exclusivité des projections de films dans la ville. Chaque séance était pour nous une fête ; non pas que nous fussions spécialement friands des films qu'on y passait, mais c'était notre seule distraction dans cette chienne de vie d'« internés ». Normalement, nous possédions une carte d'abonnement, mais pour des raisons le plus souvent financières, il arrivait que certains d'entre nous ne pussent se la procurer. Ainsi nous nous arrangions toujours pour que les démunis eussent quand même la possibilité de voir les films. Notre tactique était des plus simples : ceux qui possédaient une carte entraient en premier dans la salle de cinéma, un volontaire se mettait alors à ramasser des cartes et quand il y en avait pour le compte il sortait les distribuer aux autres qui attendaient dans un coin loin des regards indiscrets. Le gardien n'y voyait que du feu. J'estimais pour ma part que c'était là un jeu bien dangereux qui ne valait pas vraiment la chandelle. Dangereux parce qu'un des gardiens, un type sec et réputé méchant, nous détestait particulièrement ; si donc il en venait un jour à découvrir nos resquilles, il n'hésiterait pas à nous bastonner. Le jeu ne valait pas la chandelle d'abord parce que le programme était essentiellement composé de films dits d'amour, ce qui n'était pas du tout notre genre ; ensuite parce que, bien qu'étant de véritables cinéphiles et des spectateurs assidus, nous comptions pour du beurre. Avec nos malheureuses cartes d'abonnement nous n'avions même pas accès à la tribune couverte ; nous devions nous asseoir à même le sol, ou sur des bancs, ou dans le meilleur des cas sur des chaises métalliques qui brûlaient nos fesses quelques minutes seulement après nous être assis dessus.

Les faveurs et les honneurs revenaient naturellement aux « wazoungou » : tandis que nous faisions la queue pour la vérification des cartes, un « m'zoungou » pouvait passer - pouvait même nous marcher dessus s'il le voulait - sans même montrer sa carte, la pigmentation de sa peau lui servait de passe-partout ; tandis qu'au milieu de la séance nous prenions la pluie en pleine figure - ce qui arrivait souvent-, les « wazoungou », eux, se prélassaient dans leur fauteuil, nous regardant avec une moue de dédain lorsque nous cherchions refuge sous la tribune ; rares étaient les « wazoungou » qui restaient jusqu'à la fin de séances, c'est dire que cette salle n'était pour eux qu'un lieu de rancart et qu'ils n'avaient cure des films, pourtant c'était en fonction de leurs goûts que les programmes étaient choisis. C'étaient là des choses connues de nous tous, mais qu'importait notre opinion ?

Restant donc sur mes gardes, je ne pénétrais jamais dans la salle si je n'avais pas les moyens de me payer la carte d'abonnement. Mais je faisais parfois autre chose qui n'était pas moins dangereux : le réfectoire, ainsi que la cuisine de l'internat étaient attenants à la salle de cinéma ; du toit de la cuisine on avait directement vue sur l'écran, alors nous nous y réfugions. Malgré des fils électriques à quelques centimètres au dessus de nos têtes, couchés quelquefois sur des clous, nous suivions stoïquement de là-haut les films. Parfois, à force de mimer les acteurs, nous faisions tomber des cailloux dans la salle. Des regards dédaigneux se levaient alors vers nous, et quelques instants après un gardien venait nous chasser. Telles des chauve-souris sur un kapokier, nous vidions les lieux le temps d'allumer une cigarette. Dans ce sauve-qui-peut, certains avaient quand même le temps de descendre par une échelle ; d'autres, les plus nombreux, sautaient et atterrissaient quelques mètres plus bas, la tête, le derrière ou le ventre en premier. Une fois loin des menaces et des insultes du gardien, nous nous esclaffions en nous montrant nos égratignures.

— Nom de Dieu, j'ai marché sur un clou, aïe, aïe.

— Je ne te dis pas, j'ai voulu faire le cascadeur, ce sont mes fesses qui ont en premier touché le sol.

— Moi, il y a un con qui m'a écrasé les doigts sur l'échelle.

— Putain de gardien...

— Non, non et non ; ce gardien ne fait qu'exécuter les ordres de son patron. Il faut donc s'en prendre à ce salaud de directeur, et non à ce zéro qui ne fait que son travail.

— Quel est donc ce con qui a fait tomber le caillou dans la salle ?

— Merde alors, j'ai failli toucher ces satanés fils électriques.

— Quel dommage ! ç'aurait été un emmerdeur en moins.

— Moi, dès que j'aurai des sous je me payerai une carte, au moins je serai tranquille.

— Qu'est-ce que tu peux être bête ! gaspiller ton argent pour aller t'ennuyer à longueur de pellicule avec leurs films merdiques ? Il faut attendre des siècles avant de voir un western ou un bon film indien.

— C'est vrai ça, c'est vrai ; et puis pour m'asseoir par terre ou sur une chaise qui me fait mal où tu sais, non merci.

Ecœurés par cette mésaventure, nous ne pouvions que maudire le directeur, et avec lui toute sa race. Des traits d'énervement se lisaient sur les figures meurtries par des excoriations. Le comble, c'est que nous ne pouvions même pas aller dormir, le dortoir étant fermé jusqu'à nouvel ordre. Nous n'avions qu'une chose à faire en pareil instant : attendre. Et nous attendions.

Puis le samedi suivant, ce qui devait arriver arriva. A force de vérifier les cartes, de voir nos têtes défiler devant lui, le gardien avait fini par bien reconnaître quelques-uns d'entre nous. Ce soir-là, il tomba sur la carte de quelqu'un qu'il connaissait bien, mais portée par un autre. Alors là ! il ne put s'empêcher de rigoler. Coincé, le pauvre malheureux faillit faire dans son froc. Le gardien se fit remplacer par un collègue, et conduisit le fraudeur chez le directeur. Ce dernier donna l'ordre de l'expulser, non sans l'avoir auparavant abreuvé d'insultes. Mais le gardien n'entendait pas expulser son fraudeur comme ça. C'était pour lui l'occasion de donner une bonne raclée à l'un de ces malfrats malpolis. Il l'emmena donc dehors et se mit à le rouer de coups. Ce que le gardien ignorait peut-être, c'est que nous étions très solidaires. Il est vrai que nous nous engueulions, nous nous battions même quelquefois, mais dès que quelqu'un de l'extérieur avait un différend avec l'un d'entre nous, nous nous dressions tous contre lui. Et lorsque l'offensé raconta devant tout le monde son infortune, nous nous mîmes d'accord sur un fait : frapper un de nos camarades c'était jeter l'opprobre sur nous tous ; l'affront ne devait pas rester impuni, nous devions donc venger notre camarade.

Le lendemain matin, le gardien descendit exprès de son taxi à la jetée avec l'intention de finir le reste de son chemin à pied, comme pour nous braver. Il se rendait au camp de la Légion étrangère où il travaillait comme blanchisseur, cuisinier, homme à tout faire. Notre réaction ne se fit pas attendre. A peine fut-il à la hauteur du dortoir que nous l'encerclâmes. Quelle connerie que de penser que l'on peut laisser une marmite pleine de poissons devant un chat maorais sans que celui-ci ne s'en régale ! De toutes parts fusaient des « c'est lui, corrigeons-le ! ». Debout au milieu de cette foule hostile, notre homme souriait stupidement ; il devait sans doute croire que nous n'oserions pas le toucher. Comme pour tester jusqu'où nous irions, il fit un pas en avant avec un orgueil mal dissimulé, mais aussitôt quelqu'un le saisit au collet, et ce fut alors le début d'une série de coups qui faillit tourner au massacre. En effet, non contents du travail qu'effectuaient leurs mains et leurs pieds, certains partirent chercher bouteilles, barres de fer, morceaux de bois, chaînes, pour le seul plaisir de voir couler le sang de ce salaud qui avait osé lever la main sur l'un des leurs. Je suivais le spectacle tout excité, mais sans y prendre part. Tant bien que mal, le pauvre malheureux se débattait pour prendre la tangente, mais rien à faire. Il s'était délibérément jeté dans la gueule du loup, il en payait maintenant les conséquences. Heureusement pour lui, il y avait parmi les internes des garçons encore raisonnables, conscients de ce qu'un tel lynchage pouvait avoir comme retentissement chez les proches de la victime. Avec l'aide du surveillant en service, quelques internes eurent juste le temps de s'interposer avant que bouteilles, matraques, chaînes, barres de fer, ne fussent utilisées.

De loin, ce spectacle ressemblait à une mêlée spontanée d'un match de rugby, avec comme ballon le gardien. Péniblement, le surveillant et son équipe réussirent à raisonner la foule en délire. Recroquevillé sur lui-même, la tête dans les mains, d'un air stupide et grotesque, celui qui, quelques minutes auparavant passait fièrement devant le dortoir, n'était plus qu'un pauvre misérable mort de peur. Surpris par la façon brusque dont les coups avaient cessé de pleuvoir sur son corps, et tout autant curieux de savoir pourquoi, il jeta un coup d'œil par dessous son aisselle ; il ne vit que des regards méchants et moqueurs braqués sur lui. « Jamais je n'ai eu si peur », dira-t-il plus tard à ses copains. Le surveillant s'approcha de lui, lui prit le bras et l'escorta jusqu'à l'entrée du camp des légionnaires. Se sentant en sécurité, il regarda une dernière fois derrière lui, haussa la tête, l'air de dire : il faut vraiment être con pour vouloir défier ces mufles. Le corps en feu, son amour-propre blessé, il partit la tête basse à ses occupations quotidiennes. Quelques légionnaires avaient assisté de loin, amusés, au spectacle. Que les « baco » s'entretuent entre eux n'était pas leur problème.

La nouvelle se répandit comme un éclair à travers le village du gardien. Baptisé « Chicago » parce qu'il accumulait les sales réputations de l'île, ce village abritait aussi toutes sortes de brutes sanguinaires, de voleurs, de proxénètes, d'homosexuels, si bien que, pour certains, c'était un véritable nid de gens de sac et de corde. Orgueilleux et prétentieux comme tout citadin - parce qu'ils se proclamaient citadins -, les habitants de ce village jouaient aux durs, n'hésitant pas à semer la panique dans les terrains de foot lorsque leurs équipes essuyaient une défaite ; ils méprisaient les gens de la brousse, et cet incident fut en fait la goutte d'eau qui fit déborder le vase.

Nous apprîmes le soir même qu'un plan de représailles était mis sur pied par les amis de l'agresseur agressé, et que bientôt un flot d'hommes sans aveu viendrait attaquer notre dortoir. Cette nouvelle ne nous intriguait pas outre mesure ; elle fût même accueillie avec un certain enthousiasme par les « gros bras » de notre groupe. « Ils se prennent pour des durs mais ils ne savent pas ce qui les attend, qu'ils viennent ! », disait-on. Une délégation fut désignée pour étudier un plan d'attaque et des sentinelles furent placées sur chacune des fenêtres du dortoir. Chacun fouillait son armoire à la recherche de tout ce qui pouvait servir d'arme. Je n'aimais pas du tout la tournure que prenaient les événements.

Dehors, une voiture faisait des va-et-vient, et la façon dont le chauffeur ralentissait chaque fois qu'il passait devant notre dortoir ne présageait rien de bon. Les sentinelles alertèrent les chefs, lesquels essayèrent en vain de savoir de combien d'hommes était composé l'équipage. L'ordre fut alors donné de ne pas quitter des yeux cette voiture suspecte. Convaincu que la bagarre allait avoir lieu, j'implorai le secours du Tout-Puissant. J'avais très peur. Puis, de la même façon qu'elle s'était montrée, la voiture disparut, c'est-à-dire mystérieusement, emportant avec elle ma psychose d'une éventuelle guerre tribale. S'agissait-il vraiment des gens envoyés pour nous espionner ? Ou était-ce simplement de paisibles vadrouilleurs à bord d'une voiture ? Personne ne le sut jamais. Nous restâmes tout de même sur nos gardes jusque tard cette nuit ; nos prétendus lyncheurs ne donnant pas signe de vie, nous regagnâmes nos lits, mais en prenant bien soin de laisser quelques sentinelles au cas où.

« Ces bâtards sont capables de tout, ils sont sans pitié, alors ouvrons l'œil », répétait sans cesse le chef de notre bande.

Une semaine durant, le dortoir resta pour ainsi dire en état de siège, nous fûmes constamment en état d'alerte, prêts et déterminés à recevoir l'éventuel ennemi. Mais jamais il n'y eut d'attaque. Peut-être que cette histoire de représailles n'était que du bluff ; peut-être était-elle réelle mais voyant qu'ils ne pouvaient compter sur l'effet de surprise nos ennemis s'étaient dégonflés. Toujours est-il que, sachant de quoi étaient capables ces gens, nous décidâmes qu'aucun de nous, sous aucun prétexte, ne devait se rendre à ce village, en attendant que les esprits se calment. Cette histoire, cet incident traduit bien l'état d'esprit entre les soi-disant citadins et les gens de la brousse. Les premiers, prétentieux, se croyaient tout permis ; les seconds, têtus, n'hésitaient pas à rendre coup pour coup en cas d'agression.

CHAPITRE IX

Un an plus tard, l'internat fut transféré à Mamoudzou. Tous ceux qui, comme moi, vivaient dans la crainte d'une possible attaque accueillirent la nouvelle avec un grand soulagement. De plus, là-bas, nous devions connaître une vie meilleure.

Construit à côté du quartier chic « Cent villas » alors habité uniquement par des « wazoungou », le nouvel internat de Mamoudzou ne manquait pas de charme. Les locaux tout neufs étaient spacieux et bien aérés. Mais ce que nous considérions comme un véritable luxe c'était l'incorporation de lieux d'aisance dans les dortoirs. Oui, cela voulait dire que nous n'avions plus à descendre quatre à quatre des escaliers, à parcourir des mètres - au risque de faire dans notre froc pour aller satisfaire un besoin naturel. Il fallait toujours faire la queue avant de pouvoir prendre une douche mais dans des conditions acceptables. Point n'était besoin non plus d'aller chercher de l'eau dans un bassin plein de margouillats crevés pour faire sa toilette ; les robinets fonctionnaient bien. Le système de « corvée » existait toujours mais les repas étaient, s'il vous plaît, servis à table. On ne se brûlait plus les doigts dans les marmites les matins, il y avait assez de thé pour tout le monde. Bref, c'était le pied pour des gens qui n'avaient connu jusque-là que la misère, et vécu dans des conditions au-delà de toute imagination. Nous étions donc heureux de commencer cette nouvelle vie qui semblait prometteuse, mais quelque part dans notre cœur se cachait une pointe d'amertume pour tout ce que nous avions enduré à Dzaoudzi. Nous ne comprenions pas, entre autre, pourquoi il avait fallu attendre si longtemps avant que nos « maîtres« daignent nous offrir charitablement une vie décente. Mais il n'y avait rien à comprendre, depuis la nuit des temps notre peuple a toujours vécu au rythme des caprices de ses envahisseurs. « Ces gens ont l'habitude d'attendre », dit-on souvent dans l'enceinte de ceux qui détiennent le pouvoir, le vrai pouvoir, « alors pourquoi presser les choses ? Et puis, si ces indigènes bénéficient, ne serait-ce que dérisoirement des bienfaits du progrès technique, c'est grâce à notre grandeur d'âme ; quand nous sommes arrivés ici, ces indigènes vivaient encore à l'âge de pierre, il a fallu notre courage, notre patience, notre générosité, notre force, pour faire de leur société primitive une société civilisée ».

A ce moment de ma vie, je voyais d'un autre œil nos rapports avec les « wazoungou ». Soufou avait beaucoup influencé ma façon de les juger, d'autant plus que chaque jour qui passait était pour moi riche en enseignements corroborant ses dires. Je n'avais pourtant que quinze ans environ.

Ce qui faisait vraiment le charme de l'internat de Mamoudzou c'était le réfectoire. Digne d'une des pièces des palais d'un Maharaja indien, il pouvait facilement accueillir une centaine de personnes, ce qui était énorme, comparé au poulailler de Dzaoudzi où nous étions serrés comme des sardines. Ce réfectoire était, disait-on, l'un des plus modernes, sinon le plus moderne dans toute la France. L'événement était donc d'importance ; de fait, il méritait d'être connu partout à Maoré, mais aussi en Métropole. Le Principal du Collège-lycée de Mamoudzou, en bon métropolitain, profita de la visite éclair d'un ministre dans l'île pour inaugurer « son » réfectoire. Cette opportunité traduisait bien l'hypocrisie dans laquelle opéraient nos responsables administratifs et politiques : au lieu de mettre à profit les rares visites officielles qu'effectuaient les autorités métropolitaines dans l'île pour montrer le vrai visage de Maoré profonde, ces vénérables et vénérés responsables déployaient toute leur énergie pour que Maoré présentât, le temps d'une visite officielle, un visage digne d'un territoire français et qu'elle méritât son nom touristique de « Vitrine de l'océan indien ».

Le Principal voulait donc montrer sournoisement à M. le ministre que dans son établissement la mer était calme et tout allait bien. Le jour de l'inauguration arriva. Le personnel de l'internat, de toute évidence, avait reçu des consignes quant à sa façon de se conduire : les surveillants, d'habitude méchants comme la gale, étaient gauchement aimables ; les cuisiniers, toujours crasseux, portaient ce jour-là de grotesques robes-tabliers d'une propreté douteuse ; les garçons d'entretien avaient lavé de fond en comble le réfectoire bien sûr mais aussi les chambres et la cuisine ; le Principal était là, rayonnant, naviguant d'un endroit à un autre pour vérifier si tout se passait comme il l'entendait.

Comme invités il y avait bien entendu tous les responsables de la direction de l'enseignement, mais le Principal avait eu la sagesse de faire honneur aux élèves internes des classes de seconde et première, considérés alors comme responsables de l'internat dans la mesure où le niveau de l'enseignement à Maoré s'arrêtait en première. Comme j'étais en seconde, je faisais moi aussi partie de ces privilégiés d'un jour. Les dortoirs nous étaient grandement ouverts exceptionnellement, parce que nous devions prendre tout notre temps pour nous habiller : on ne se présente pas n'importe comment devant un ministre. Pour la première fois j'ai pu échanger ce jour là quelques mots avec le Principal, la tête bien tranquille, sans cette étrange impression que j'avais de parler à un extra-terrestre chaque fois que je m'adressais à lui. Tout en riant je le traitais de tous les noms, il répondait par des sourires. Il était trop excité pour écouter ce que je lui racontais, et puis de toute façon il ne parlait ni ne comprenait ce dialecte sauvage trop compliqué.

Il était midi passé, toujours pas de ministre. Comme un lion en cage, le Principal tournait en rond, caressant nerveusement sa barbiche, regardant d'une façon symptomatique dans la rue chaque fois qu'une voiture passait. De temps à autre il défaisait le nœud de sa cravate pour le refaire aussitôt. La chaleur devenait de plus en plus insupportable. Bien qu'à l'abri, je transpirais de la tête aux pieds dans mon ensemble en jean. Des mocassins tout neufs, aidés par la chaleur, martyrisaient mes petits pieds non habitués à ce genre d'exercice. Un de mes condisciples vint vers moi, le visage ruisselant de sueur. Avec une fierté mal dissimulée il se mit à commenter cette journée, mémorable pour lui.

— Tu te rends compte, déjeuner avec un ministre, qui l'aurait cru ?

L'air dédaigneux, je lui bougonnai quelque chose ; tout ce que je voulais c'est qu'il me fichât la paix.

— Bientôt il sera là, et je serai le premier à lui serrer la main ; tu te rends compte que...

— Ecoute mon vieux, tu commences à m'embêter avec tes idioties, lui lançai-je ; j'ai de sérieux problèmes, alors si tu allais délirer ailleurs, hein !

— Mais est-ce que tu connais seulement l'importance de cet homme ? demanda-t-il tout étonné de mon indifférence.

— Je sais parfaitement qui il est, et après ? C'est un homme politique important, il est à Maoré, c'est tout ; et puisque tu es si naïf je vais te confier un secret : ce ministre n'a pas quitté la Métropole exprès pour venir ici ; il se rendait à la Réunion mais puisqu'il se trouvait là-bas, il a jugé poli de faire un saut ici ; c'est la moindre des choses pour encourager tous ceux qui cherchent désespérément à « rester français pour être libres ».

— Foi de « baco » ! comment oses-tu dire des choses pareilles, et d'abord comment sais-tu tout ça ?

— Ce n'est pas sorcier ; il se trouve que, malgré les efforts déployés par les fanatiques loyalistes pour écraser dans l'œuf la voix des nationalistes, ces derniers arrivent quand même à faire passer leur message. Ce n'est peut-être pas vrai tout ce qu'ils racontent, mais moi j'écoute tout ce qui se dit et en fonction de ce que je constate je tire mes conclusions ; et dans le cas présent je constate que le ministre a fait une escale de deux jours à la Réunion et il n'est ici que pour quelques heures, donc ça confirme bien ce que je t'ai dit.

Pendant que mon camarade réfléchissait à tout ce que je venais de lui dire, une escorte de voitures enguirlandées fit une entrée fracassante dans la cour où attendaient les invités. Un homme assez jeune descendit de la première voiture en souriant. Le Principal, accompagné de son épouse exceptionnellement ravissante, se dirigea vers lui. Après une poignée de main virile et un baise-main grotesque, le Principal invita tout le monde à entrer dans le réfectoire. Une ambiance mondaine, digne d'un décor hollywoodien, ne tarda pas à s'imposer là-dedans : les femmes « wazoungou », dans leurs robes très suggestives, un verre à la main, n'arrêtaient pas de parler, caressant de temps en temps leur verre avec leurs lèvres toutes rouges ; leurs visages, bien qu'excessivement maquillés, ne manquaient pas de charme. Les hommes, eux, étaient visiblement embarrassés par leur costume trois pièces et leur cravate, sous cette chaleur impitoyable des tropiques ; ils s'essuyaient régulièrement le visage et buvaient pas moins d'un verre d'eau toutes les cinq minutes. Quant à nous, bien esseulés dans ce monde qui n'était pas le nôtre, nous essayions de dissimuler notre gêne ; pas très sûrs de notre français, nous parlions très peu mais riions beaucoup à chaque blague, sans vraiment en saisir le sens.

— Regarde le Principal avec sa barbiche, on dirait un bouc, me chuchota un de mes camarades.

— Il ne lui manque que les cornes et la queue pour être parfait, répondis-je en étouffant mon rire.

T'as vu sa femme, elle s'est complètement métamorphosée, on dirait une poupée juteuse.

— Bah ! la boue c'est de la boue, dis-je ; et puis, cette beauté superficielle ne m'a jamais épaté.

Vers treize heures le Principal tapa dans ses mains pour demander le silence. Debout sur une chaise, il hésita un moment avant de commencer son discours.

« Aujourd'hui, commença-t-il, c'est un grand jour pour nous tous qui sommes réunis ici ; avant de continuer, permettez-moi de dire un grand merci à Monsieur le ministre qui nous a fait l'honneur d'accepter notre invitation... »

Une vague d'applaudissements envahit la salle, obligeant

l'orateur à se taire un moment. Dehors, presque tous les élèves du Collège-lycée suivaient la cérémonie, applaudissant chaque fois que l'assistance applaudissait. De toute apparence, l'orateur avait appris par cœur son discours.

« ... Nous ne pouvions espérer... nous ne pouvions espérer, continua le Principal, meilleure façon d'inaugurer ce réfectoire dont la réalisation est le signe que dans notre établissement « tout va pour le meilleur... », non « tout va, disais-je, pour le mieux dans le meilleur des mondes possibles », comme disait... comme disait... comme disait Voltaire... ».

Quand il eut fini son discours le Principal invita Monsieur le ministre à aller planter un badamier dans la cour du réfectoire. Pêle à la main, le ministre creusa un petit trou et planta le petit arbre, symbole bien sûr de l'inauguration du réfectoire, mais aussi, et c'était le plus important, signature de la mère-patrie au bas d'une page de notre histoire.

En le regardant faire je sentis naître en moi un sentiment étrange : j'étais comme ce garçon orgueilleux regardant impuissamment sa mère mendier dans la rue. Je m'en voulais et je me sentais coupable d'assister à ce spectacle, symbole de notre impuissance et de notre mendicité. Je ne pouvais m'empêcher de penser qu'une fois la cérémonie finie, tous ces charitables « wazoungou » se retireraient chez eux et, bien installés dans leurs villas climatisées, ne manqueraient pas de faire des réflexions du genre « Ah ! qu'adviendrait-il de cette île et de tous ces indigènes sans nous ? ».

Ma pensée alla alors vers les dirigeants indigènes et je me souvins des paroles amères de Soufou : « dans toute cette histoire, ce sont finalement les dirigeants "baco" les victimes, m'avait-il dit un jour alors que nous parlions du rôle des dirigeants indigènes dans la construction de notre société ; car, en acceptant en leur âme et conscience la corruption, en s'enrichissant sur le dos de leurs propres compatriotes, en confiant la direction du pays à des étrangers, ils vendent leur âme au diable et condamnent par la même occasion leur pays à vivre à jamais aux crochets d'une puissance étrangère qui, au gré de son humeur, lui jettera toujours quelques miettes... ». « Comme ce réfectoire », pensai-je. ... « De notre misère, le « m'zoungou » n'est pas vraiment à blâmer car, ayant carte blanche mais sachant fort bien que ses jours de privilèges sont comptés, il en profite pendant qu'il est encore temps ; ce qu'on peut lui reprocher, c'est sa façon honteuse d'abuser de l'irresponsabilité de nos soi-disant chefs, mais ça c'est l'essence même de toute mentalité coloniale. »

Debout, là, au milieu de cette foule, de tous ces « wazoungou » rigolards, enivré par les paroles de mon Sage, je n'avais qu'une seule envie : apostropher Monsieur le ministre et lui faire part de tout ce que Soufou et la vie m'avaient appris ; mais avant que je n'eusse le courage de risquer une telle entreprise, Monsieur le ministre s'envola vers la Métropole, laissant derrière lui la signature -une de plus- de ce qui fut jadis le fameux empire français et emportant avec lui toute illusion quant à une éventuelle départementalisation de l'île, illusion sans laquelle beaucoup d'entre nous ouvriraient peut-être un peu mieux les yeux pour voir la douce et cruelle vérité en face.

Aujourd'hui le réfectoire est toujours là, et l'Histoire suit son cours !

AL HAMDU LILLAHI RABIL ANLAMINA ! (Louanges à Dieu, maître des mondes).

FIN

AFRIQUE NOIRE

LITTÉRATURE

LES CONTES DES VEILLÉES AFRICAINES

Kama KAMANDA

Ces histoires en provenance essentiellement du Zaïre sont un hommage aux griots, bardes et conteurs d'hier qui disparaissent avec la « modernité ». Tendres, cruelles, douces, moralisatrices, elles fixent une partie de la mémoire d'un continent...

Collection « La Légende des Mondes » — 170 pages — **85 F**

CONTES DU RWANDA - SOIRÉES AU PAYS DES MILLE COLLINES

E. GASARABE

Dans ces contes si simples d'apparence, l'auteur nous fait pénétrer dans l'imaginaire des légendes rwandaises. Dans les entrailles de la montagne vit un grand peuple avec ses vaches, ses moutons ; un arbre enchanté vous accueille dans la forêt. La nature montre parfois un visage inquiétant avec ses marais maudits, ses génies de la famine qui dessèchent tout, tuent les bêtes et les gens. Une jeune fille se métamorphose en calebasse, des monstres surgissent, ...

195 pages — **98 F**

CONTES ZAGHAWA DU TCHAD

Recueillis par M.J. et J. TUBIANA

Un monde où la pluie est une question de vie ou de mort pour les troupeaux et les hommes. Une lutte assez souvent sournoise pour la nourriture préside à bien des actes. Des démons inspirés de terreurs naturelles viennent frapper les imaginations, non sans une pointe de malice permanente.

Collection « La Légende des Mondes », reprint, 2 tomes, 128 pages — **60 F** le tome.

PAROLES DU SOIR - CONTES TOUCOULEURS (Sénégal, Mauritanie, Mali, Guinée)

Gérard MAYOR

Appartenant à la très riche littérature orale de l'Afrique de l'Ouest, témoins d'une société, ces contes nous révèlent ses symboles, ses valeurs, ses conflits.

Collection « La Légende des Mondes » — 220 pages — **110 F**

CONTES DE TOMBOUCTOU ET DU MACINA Tome II

Albakaye Ousmane KOUNTA

Ce volume II continue à nous faire pénétrer dans ce monde de pasteurs et de pêcheurs et aussi et surtout dans celui des « ardos », cette noblesse peulh du Macina.

Ces gens de la boucle du Niger tiennent aujourd'hui à conserver jalousement cet héritage qu'ils savent néanmoins partager.

Collection « La Légende des Mondes » — 144 pages — **75 F**

CICATRICES POUR DEMAIN

Mamadou SECK

Ce récit s'offre comme une suite de contes cruels. Les coups et blessures séculaires ont laissé, dans le psychisme noir, des traces perverses dont il est urgent que les générations présentes tirent tous les enseignements. Cet ouvrage a pour ambition de les y aider, en donnant la parole aux faits sous forme de roman. Afin que les traumatismes d'hier, souffrances matérielles et humiliations mêlées, qui sont encore le vécu saignant d'une multitude aux prises avec l'enfer quotidien, servent de « cicatrices pour demain ».

Collection « Encres Noires », n° 54 — 224 pages — **90 F**

CITÉ 15

Djungu SIMBA K.

Un tableau de la capitale zaïroise, en pleine convulsion. Une capitale grouillante qui ne parvient pas à loger et faire vivre décemment tous ses habitants. Pour améliorer, que faire ? Raser tout simplement la Cité 15 (ce quartier bidonville) ou plutôt réinventer la vie sociale en abandonnant cette devise devenue nationale : « Débrouillez-vous ».

Collection « Encres Noires », n° 53 — 80 pages — **60 F**

LE SANG, L'AMOUR ET LA PUISSANCE

Isaïe Biton KOULIBALY

Ce roman nous plonge dans l'atmosphère d'un camp militaire africain. Le héros, Da Monza est révolté contre ses frères militaires au pouvoir. Il veut mettre fin à l'instabilité afin de redonner à son pays prospérité et dignité. Mais que peut faire un soldat de deuxième classe face à la corruption des chefs ?

Un roman qui donne à réfléchir sur l'exercice du pouvoir.

Collection « Encres Noires », n° 57 — 168 pages — **85 F**

FUREURS ET CRIS DE FEMMES

Angèle RAWIRI

Le récit d'Angèle Rawiri nous présente l'expérience d'une femme face à sa famille. Devant l'échec de son couple, mutilé par l'absence d'enfants, par l'influence négative de la belle-mère et par l'ombre de sa rivale, Emilienne se réfugie dans l'alcool et la boulimie. C'est alors que son combat commence. Combat pour la vie, le respect, la dignité et le droit à elle-même.

Collection « Encres Noires », n° 55 — 176 pages — **85 F**

LE CROISSANT DES LARMES

J. TSHISUNGU WA TSHISUNGU

Rentré d'un exil de vingt-trois ans en Occident, Monsieur B.D. devient l'idéologue et le stratège de la branche armée d'un parti politique clandestin...

Etonnant roman plein d'humour, d'odeurs et d'affaires africaines et insulaires vécues de l'intérieur à la veille du troisième millénaire.

Collection « Encres Noires », Zaire, n° 56 — 128 pages — **70 F**

INVASION AU CŒUR DE L'AFRIQUE

Jean-Gilles GANGA ZOMBOUI

Exemple de littérature faussement naïve, ce roman au style original, proche de la parole, relate la triste geste de la colonisation à travers la rencontre de Bokanga et de sa civilisation depuis le faite de sa gloire jusqu'à son martyre final dû à l'impossibilité de dialoguer avec les Blancs.

Impressions d'Afrique authentiques dont le jeu et l'enjeu deviennent tragédie...

Collection « Encres Noires », n° 58 — 221 pages — **98 F**

ICI S'ACHÈVE LE VOYAGE

Léandre-Alain BAKER

Ce roman retrace l'itinéraire d'un jeune Africain, quelque peu surréaliste, fraichement débarqué à Paris en quête d'amour et de nouvelles sensations. Mélange d'humour, de tendresse et de poésie, les 28 chapitres de ce premier roman sont des morceaux de blues qui témoignent de l'exil, de l'errance, de la solitude et des esprits d'un homme.

Collection « Encres Noires », n° 60 — 133 pages — **75 F**

MADEMBA

Khadi FALL

Mademba, un jeune homme de 19 ans, séjourne dans un hôpital de Dakar dans l'attente d'une intervention chirurgicale au niveau de la gorge, dont il sait que l'issue ne pourra être que la mort ou la perte de la parole. Face à cette douloureuse alternative, il décide d'enregistrer son récit sur bandes magnétiques afin de laisser son « message » à qui voudra bien l'écouter.

Un roman à la fois poignant et mouvementé, qui ouvre une fenêtre sur l'univers dakarois, sa population, ses modes et rythmes de vie, ses injustices.

Collection « Encres Noires », n° 59 — 170 pages — **85 F**

ENTRE DEUX MONDES

Miriam TLALI
Traduit de l'anglais par J.P. RICHARD

Ce conte philosophique, à la fois sobre et fou, féroce et tendre, interdit dès sa parution en Afrique du Sud, retrace l'histoire de Muriel, secrétaire noire de Johannesburg, qui, depuis son bureau, analyse l'univers de l'apartheid, coupé en deux par la « barrière de couleur », ce mur de la honte et du profit. C'est Candide en Afrique du Sud, un crime contre l'humanité vu par une « ingénue ».

Collection « Encres Noires », n° 61 — 207 pages — **98 F**

LOIN DE MOI-MÊME

Zakaria Fadoul KHIDIR

Le récit autobiographique d'un jeune étudiant tchadien nous touchera par son authenticité. Qu'il se souvienne de son enfance ou qu'il évoque des moments de désespoir, l'auteur pose des questions importantes sur la vie, la société, la religion, l'Etat, l'éducation.

C'est peut-être le premier roman tchadien.

225 pages — **110 F**

LANGAGE ET POÉSIE CHEZ SENGHOR

Gloria SARAVAYA

Dans ses analyses des poèmes de L.S. Senghor, l'auteur, se référant à sa propre situation paradoxale d'Indienne élevée à Pondichéry, s'efforce de décrire d'une part la vision de l'écrivain qui vit par l'imaginaire son ambivalence culturelle, et, d'autre part, de dessiner la visée de l'idéologue soucieux de mettre en valeur une africanité. L'échange culturel est vécu comme un rééquilibrage social, moral et anthropologique.

224 pages — **130 F**

CONVERSATIONS CONGOLAISES

A. BREZAULT et G. CLAVREUIL

Témoignage sur la vitalité de la littérature congolaise, cet ouvrage nous fait découvrir dix écrivains de ce pays à travers les discussions à bâton rompu avec eux : M.L. Tsibinda, S. Bemba, Emmanuel B. Dongala, H. Lopes, G. Menga, M. N'Debeka, Sony Labou Tansi, J.B. Tati-Loutard, Tchicaya u Tams'i, Tchichelle Tchivela.

Une manière vivante de les faire découvrir.

140 pages — **80 F**

AMOS TUTUOLA ET L'UNIVERS DU CONTE AFRICAIN

Catherine BELVAUDE

Une étude consacrée à l'œuvre d'Amos Tutuola, écrivain yoruba du Nigeria, encore trop peu connu et traduit en France. Ses histoires extraordinaires mêlant le réalisme au merveilleux sont écrites dans une langue extrêmement originale et ne ressemblent à rien d'autre en littérature. Cette originalité fait d'Amos Tutuola un auteur très important.

184 pages — **120 F**

*
**

MUSIQUES ET RITES AFRO-AMÉRICAINS

Vincent DOUCET

De 1980 à 1984, un jeune voyageur passionné d'ethnologie parcourt le Venezuela et l'Équateur à la recherche des survivances africaines enracinées dans les rites, les fêtes, les danses et la musique. Ce livre contient les notes de voyage et les transcriptions des émissions radiophoniques que Vincent Doucet a ramenées de ce périple.

260 pages — **130 F**

CINÉMA D'AFRIQUE NOIRE FRANCOPHONE - L'espace-miroir

André GARDIÈS

Né avec les indépendances, le cinéma d'Afrique noire francophone s'engage dès son origine dans un vaste mouvement de réappropriation culturelle. Contrairement au cinéma narratif occidental qui montre pour raconter, c'est un cinéma qui donne d'abord à voir et dont l'espace est l'enjeu fondamental. Telle est la thèse soutenue par A. Gardiès dans cet essai.

192 pages — **95 F**

LA SOMME DU NÉANT

Kama KAMANDA

La somme du néant est une méditation poétique sur l'alpha et l'omega de la connaissance humaine. Une osmose de l'être et du non-être, du créateur et du créé. Recherche de réponses aux questions originelles — « Qui suis-je ? » « Qu'est-ce que la vie ? » « D'où vient la mort ? » — auxquelles chaque individu se trouve confronté.

Collection « Poètes des Cinq Continents », Zaïre — 132 pages — **80 F**

BALLADE SUD-AFRICAINE

Joseph KURTZ

L'Afrique du Sud, pays de tous les paradoxes, des cités blanches aux bidonvilles noirs, subit les méfaits de l'apartheid. C'est dans ce contexte convulsif que grandit un jeune Noir, Tékaou : il est en quelque sorte le symbole d'une Afrique du Sud condamnée à l'apartheid, à ses habitudes, qui enchaînent les Noirs comme les Blancs.

208 pages — **80 F**

*
**

CHEIKH ANTA DIOP OU L'HONNEUR DE PENSER

J.-Marc ELA

L'auteur nous propose une étude de l'œuvre de Cheikh Anta Diop dont l'objectif essentiel — qui dérangeait ou fascinait — était de prouver que « la raison est née chez les Noirs ». Cette analyse est une invitation à relire une œuvre qui demeure un défi à l'intelligence de notre temps.

Collection « Classiques pour Demain » — 141 pages — **75 F**

ÉCRITURES ET DISCOURS LITTÉRAIRES

Pius NGANDU NKASHAMA

Cette étude littéraire a pour ambition d'énoncer des principes méthodologiques susceptibles de prendre en charge le roman africain contemporain. Il vise à formuler une théorie, à partir des faits, des formes et des techniques utilisées à l'intérieur même de l'univers romanesque. Cet ouvrage original par sa forme et son mode d'expression se distingue des langages élaborés jusqu'alors sur le roman africain.

301 pages — **160 F**

AFRIQUE DU SUD, SÉGRÉGATION ET LITTÉRATURE
Anthologie critique

Jean SEVRY

L'Afrique du Sud est connue pour sa littérature blanche souvent traduite. On ne peut pas en dire autant de ses littératures noires. Cet ouvrage entend combler cette lacune. Il ne s'agit ni d'un florilège ni d'une anthologie classique mais d'un choix original de textes axés aùtour de différents thèmes. Tous les genres sont représentés. La plupart des traductions sont inédites.

276 pages — **140 F**

IDÉOLOGIES DE L'INDÉPENDANCE AFRICAINE

Melchior MBONIMPA

Depuis plus d'un quart de siècle le discours africain se réfère à l'indépendance. De fait, l'événement a provoqué une mutation d'identité. Mais l'ajournement de la liberté a empêché l'homme tribal de s'ouvrir à la mondialité : il y a eu un déficit de la pensée dont le trait le plus significatif est la nostalgie de l'ordre précolonial. Loin de déceler une accélération de l'Histoire, l'auteur souligne sa stagnation et même sa régression. Le combat de l'indépendance a rempli la mission d'enfanter l'Africain mais il reste à le faire accéder à une praxis dont cet ouvrage définit quelques cadres.

Collection « Points de Vue » — 247 pages — **130 F**

QUESTIONS AFRICAINES - Francophonie - Langues nationales - Prix littéraires - O.U.A.

Sekou TRAORE

L'objet du présent livre est de répondre à des questions posées à l'auteur par des militants africains, questions relatives à la francophonie, aux langues nationales africaines, aux prix littéraires, au rôle des intellectuels africains dans le processus révolutionnaire, à l'O.U.A., etc.

Collection « Points de Vue » — 80 pages — **50 F**

LA QUESTION DU PLAN MARSHALL ET L'AFRIQUE

Tetevi G. TETE, ADLALOGO

Voici qu'en guise d'arme de substitution au « nouvel ordre économique international » (NDEI) dont l'échec global est aujourd'hui plus ou moins reconnu, on propose au Sud un hypothétique « plan Marshall ». S'agissant de l'Afrique en particulier, l'intime conviction de l'auteur de cet essai est que, sans de radicales transformations politiques au niveau des dirigeants actuels, sans l'introduction de la démocratie véridique et la libération de la voix du peuple et des élites humanistes, un « plan Marshall » se révèlerait être, à l'expérience, une nouvelle fausse route.

Collection « Points de Vue » — 192 pages — **90 F**

LA FAILLITE DU DÉVELOPPEMENT EN AFRIQUE ET DANS LE TIERS MONDE - Une analyse politique

Samir AMIN

Les désillusions des années 80 en matière de développement pour l'ensemble du Tiers monde marquent-elles la fin de l'idéologie du développement ? La soumission aux politiques de recolonisation, la vulnérabilité particulière de l'Afrique, la crise de l'Etat-nation ne démontrent-elles pas que le projet national bourgeois reste impossible ? Alors que faire ? En tout état de cause, la soumission des relations extérieures à la priorité d'un développement populaire intériorisé reste fondamentale.

384 pages — **190 F**

MAGHREB - MOYEN-ORIENT MONDE ARABE

LITTÉRATURE

« LUNDJA » CONTES DU MAGHREB

S.A.H.Y.K.O.D

Recueillis auprès de personnes venant de l'autre côté de la Méditerranée, ces contes nous livrent le patrimoine et les richesses cachées de ces auteurs qui ne savent ni lire, ni écrire. Un ouvrage qui intéressera les jeunes comme les moins jeunes.

Réédition, 144 pages — **75 F**

LE JARDIN DES SORTILÈGES OU LE PARFUM DES LÉGENDES

Ahmed SEFRIOUI

Ce recueil rassemble quinze contes tirés de la littérature populaire marocaine. Ces récits nous font pénétrer dans l'imaginaire d'une société traditionnelle en voie de mutation, mais qui ne renonce pas à ses valeurs les plus précieuses.

Collection « La Légende des Mondes » — 160 pages — **85 F**

LE LIVRE DES DUPES - CONTES D'ORIENT ET D'AILLEURS

Gilles ZENOU

Un loup dévore des enfants pour les empêcher de vieillir. Des jouets se révoltent contre la petite fille qui veut se débarrasser d'eux...

A la fois alphabet imaginaire et jeu d'échecs, ces contes initiatiques juifs, persans, chinois, chrétiens ou orientaux se rejoignent en une langue commune et nous parlent d'un monde insolite et familier qui a la couleur de nos songes les plus secrets.

Collection « La Légende des Mondes » — 168 pages — **85 F**

DEMAIN VIENT LE PRINTEMPS ET JE NE LE VERRAI PAS ET AUTRES HISTOIRES TRADITIONNELLES D'AFGHANISTAN

Assadullah RAID et Layla RAID

L'auteur originaire de Kaboul et actuellement réfugié politique en France, nous propose une sélection d'histoires traditionnelles qui mettent en scène des personnages très divers, témoins des invasions cycliques subies par l'Afghanistan. Ces histoires prennent parfois, à la lumière des derniers événements, une valeur presque prophétique.

Collection « La Légende des Mondes » — 187 pages — **95 F**

UNE ÉTOILE DANS L'ŒIL DE MON FRÈRE

Moussa LEBKIRI

Moussa Lebkiri nous fait entrer sur la pointe des pieds, sur le chaud du cœur dans son village d'aujourd'hui. C'est simple, beau, bouleversant. C'est un Ramuz, un Giono de là-bas. Et nous comprenons enfin de l'intérieur tout ce qu'on nous explique en vain depuis si longtemps.

140 pages — **75 F**

CHANTS BERBÈRES DE KABYLIE

Jean AMROUCHE - Édition bilingue
Présentée par T. YACINE
Préface de Mouloud MAMMERI

T. Yacine présente ici les versions kabyles et les traductions françaises de poèmes de J. Amrouche.

Jean Amrouche a le don de la parole mais sa parole reste sans écho : son recueil traduit donc l'angoisse d'un poète conscient d'être sans auditoire.

En berbère, on dit que le poète est « habité par un démon » et cela ne l'empêche pas d'être presque vénéré car il incarne sur terre la voix d'un monde supérieur, divin. Une poésie hors du commun, qui nous offre de pénétrer dans un univers à la fois démiurgique et prophétique.

264 pages — **130 F**

COLLECTION « ÉCRITURES ARABES »

AU-DESSUS DE LA TABLE, UN CIEL

Salah Al HAMDANI

« Le temps n'avance plus, il court ». Une forme de poésie nous est ici offerte, mais pas celle des bureaux, ni celle des dictionnaires, ni celle des clans, non pas un marché de mots, mais une cruauté de vécu. Un autodidacte qui vous ronge l'âme, à force de souffrances accumulées, sans pouvoir les vomir, loin d'une patrie mitée, d'une enfance jaunie comme une photo oubliée dans le fond d'un tiroir.

N° 46, 80 pages — 95 F

MIRAGE A 3

Albert BENSOUSSAN

Un homme affronte en son exil trois femmes qui, chacune pour sa part, vont déterminer son destin et en infléchir le cours : l'épouse, l'amante et l'amoureuse.

Trois visages féminins sur lesquels ricoche le regard du protagoniste, un « exclu » d'Algérie, un « homme à part ».

164 pages — **85 F**

UN RETOUR AU PAYS DU BON DIEU

Ridha BOURKHIS

C'est à minuit qu'Abdallah dépose ses valises dans un village perdu du monde arabe après une longue aventure en Occident. A travers des visages et des choses que le temps n'a pas détruits, il éveille le passé lointain. Son adversaire n'est pas le Bon Dieu mais ceux qui chevauchent le sacré pour museler les esprits et orchestrer la barbarie. Va-et-vient entre la réalité et la fiction, ce roman est une voix de plus pour la liberté et la tolérance.

N° 54, 159 pages — **80 F**

EMPREINTES DE SILENCES

Tewfilk FARES

Ces empreintes de silences sont tout simplement celles de cette parole du poète, née dans la guerre et chantant partout la paix. Tout combat pour la liberté exprime une aspiration à la paix et inversement. La voix du poète est souvent dans cet « inversement ».

N° 50, 64 pages — **60 F**

CAP AFRICA

Moncef GHACHEM

Ce poète tunisien nous livre ici des poèmes baignés de l'ambiance de Cap Africa, petit village de pêcheurs en Tunisie, son village natal. « Cap Africa, âcre écriture de l'île fécondée d'ennuis... Carcasse dans le vieux port, port d'une beauté primordiale que Moncef Ghachem ancre en des mots durs. »

N° 45, 175 pages — **80 F**

LES MENOTTES AU QUOTIDIEN

Ammar KOROGHLI

Ce recueil de nouvelles présente les problèmes vécus au quotidien. L'auteur parle des vicissitudes que vivent les femmes à la maison mais aussi des jeunes qui sont la proie facile de l'ennui. Il aborde le thème des interdits dans une société où les mœurs sont encore loin d'être libérées ainsi que celui des laissés pour compte que sont les gens des campagnes. Des images de l'Algérie actuelle...

N° 48, 96 pages — **60 F**

OMBRES

Arriz TAMZA

Récit à deux voix — un homme (infirmier) et une femme (hospitalisée) — dont le lieu symbolique est un hôpital avec son cortège de maux : vieillesse, maladie, mort... Mais, plus qu'une narration, c'est avant tout une profonde méditation sur la solitude, le mal de vivre, la mort et l'après-mort... rythmée par les heures condensées d'une nuit.

N° 51, 104 pages — **65 F**

OCEAN INDIEN
OCEAN PACIFIQUE

MADAGASCAR, LA GRANDE ÎLE

Patrick RAJOELINA, Alain RAMELET

Cet ouvrage de synthèse apporte une information multidisciplinaire, à la fois concise, complète et rigoureuse sur Madagascar ; la Grande Île est scrutée sous tous les angles : la géographie, l'histoire, la population, la culture, la tradition, la vie politique, économique et sociale... Il comporte également une section « Madagascar mode d'emploi » pour les visiteurs. Une référence indispensable pour tous ceux qui souhaitent mieux connaître ce pays.

Collection « Repères pour Madagascar et l'océan Indien » — 330 pages — **180 F**

MADAGASCAR, UNE ÉCONOMIE EN PHASE D'AJUSTEMENT

Olivier RAMAHATRA

Cet ouvrage propose une analyse des fondements des programmes proposés par le Fonds Monétaire International à Madagascar. Il montre la portée et les limites des mesures de stabilisation financière sur le redressement économique et la reprise de la croissance, et ouvre des pistes de réflexion sur les moyens susceptibles de conduire à la fois à l'ajustement inévitable et au développement de l'île.

Collection « Bibliothèque du Développement » — 300 pages — **150 F**

CONTES DE L'ILE DE LA RÉUNION

Isabelle HOARAU

L'auteur de ce recueil a puisé dans les richesses de son île natale pour nous offrir une promenade dans les contes traditionnels. Le merveilleux de l'île de la Réunion, ainsi revivifié, enrichira l'imaginaire des enfants... et des lecteurs.

En diffusion *« Azalées Editions »*, 89 pages ; cartonné, jaquette et illustrations en couleurs — **95 F**

LE MAITRE D'ÉCOLE DU TÉVÉ-LAVA : ESQUISSES RÉUNIONNAISES

Marcel LEGUEN

Douze années de vie quotidienne réunionnaise sont évoquées par un maître d'école. Un récit de voyage, un éventail d'esquisses, mais aussi le reflet de la vie très dure des humbles et des dépossédés, où Marcel Leguen nous fait partager ses passions : la magnificence des paysages, les mille et une facettes du « langage Kréol », et les promesses toujours actuelles de la « pédagogie du Tévé-Lava », dont il fut le théoricien et le maître d'œuvre.

178 pages — **90 F**

Achevé d'imprimer par Corlet Numérique - 14110 Condé-sur-Noireau
N° d'Imprimeur : 816070 - Juillet 2018 - Imprimé en France